暁《きょう》花《か》薬《くす》殿《どの》物語　第四巻《まき》

佐々木禎子

富士見L文庫

もくじ

円晴《えんせい》の時代
ひとりの美しき鬼女が帝《みかど》を呪詛《じゅそ》せしめんと
野臥《のぶ》せりを山里に集め
死亡野《しなの》というまことに華美な妖都《ようと》を作ったと聞く
鬼女は紅葉《もみじ》の名を持ち人の子の生き血を啜《すす》り暮らした

【月薙国行宜図《げっていこくぎょうき》・行宜記録】

前章

「ううう……うー、うううううう」

　押し殺した苦痛の声が白い部屋に満ちている。

　生は死と隣合わせ。

　それゆえに出産のために用意された産屋は、壁も床も白い布で覆われ、几帳《きちょう》も屏風《びょうぶ》も純白のものが用意される。

　死装束と同じ白衣《しろきぬ》を身につけた若い女が息を荒くし、足を広げて座り、低く、呻《うめ》く。その手に握りしめるのは天井から吊《つる》された出産のための力綱だ。鼻で息を吸い、吐いて、綱にすがりつき痛みを逃す。

　彼女の前後に腰抱きの女がついて、支えている。

「……ふぅー、うー」

　背を丸め、言葉を話さずにただ呻き続ける女は、どう見ても獣じみている。

　が、獣であっても——彼女は美しかった。

白い部屋のただなかで漆黒の瞳《ひとみ》が爛々《らんらん》と光っている。黒く豊かな長い髪がたっぷりと床に広がっている。

産み月になっているのに、彼女の腰まわりは細く華奢《きゃしゃ》だ。まだ幼い。出産には早すぎると、誰もがそう思うだろう危うさだ。

「あと少しでございますよ。お子は降りてきております」

前から腰を支える女が言う。女が手にしているのは臍《へそ》の緒を切断するための竹べらだ。

あれで腹の子と自分とのつながりを絶つのかと、獣の女は、ぼんやりと思う。女の手のなかには腹の子の父親が「痛みがひどいときは、これでも持たせておけ」と、女の部屋に捨て置いた小さな守り袋がひとつ。

高価な綿織りの布のそれは、安産の守りだと聞いた。綿は、渡来のもので、種子が最近になってこの国に伝わったばかり。高級品ゆえに神事の装飾品によく使われる。

そうして男は、貴重な守り袋ひとつ寄越しただけで、もう充分、優しさは示してのけたとでもいうように――大きな腹が目立つ女の身体を労《いたわ》るでもなく、産み月まで女を欲望のままに抱いた。

――その度に、腹の奥がきゅうっと縮んで……痛んで……。

ひどい男だと思うのに、それでも女には、他に頼るものがなにひとつない。いまこのときも、小さな守り袋にすがってしまう我が身の弱さが情けない。

「あ……あっ……ああ、う……」

激痛が身を苛《さいな》み、女は意識を保てない。自身の身体が痛みの塊と化し、いきんだ瞬間に目の裏にぱっと火花に似たものが躍った。

どうして自分がこんな目にと、獣の女は思う。

女はなにも知らなかったのだ。月のしるしもないときから男の手で開花され、あやされるままに過ごしていた。だから自分が母になれるだなんて想像もしなかった。産み月が近づき腹が目立つようになってから、やっと、そういうことになったのだとわかった。

呪詛の言葉がちらりと脳裏を過ぎていく。

何故こんな苦しい思いをせねばならないのか。

――呪う。

生まれてくる子の父である男を。いや、男というものたちすべてを。幼い自分を幼いままでいさせてくれなかった、この世界のなにもかもを――呪う。

獣の女の白磁の肌に汗が浮き、嚙《か》みしめた唇から血がひと筋、たらりと落ちて白衣に鮮やかな点を添えた。

彼女が血の滴と共に、呪詛を望んだ、その瞬間――。

下半身にあった苦痛の源が解けていったように、ふぅっと楽になる。

「産まれましたよ」

竹べらで臍の緒の処理をされた赤子が、泣いた。

元気な泣き声が産屋の淀《よど》んだ空気を切り裂いていく。

「麗しい女の子ですよ」

そう、と、獣だった女は、やっと人の言葉を取り戻す。

獣の女の腹から、女が生まれたのか。なにが悲しいのか、赤子は大きな産声を上げ続ける。小さな手足を突き上げ、泣き叫ぶ赤子を、女は不思議な気持ちで見つめた。

子の後に、腹の奥から胎盤がずるりと抜け落ち、痛みが遠のいた。

少しだけ余裕ができたのか、小さな生き物が精一杯に呼吸しているその様子がいたいけで可愛らしいと思えてくる。我が子だから愛らしいというのとも、また違う。まだ心の内側に少女を棲《す》まわせたままの女は、雀の子や子猫や人形を愛《め》でるときと同じ気持ちで、赤子を眺めている。

「だけどこの子は……獣の子。鬼の子だからと、外に出されてしまうのでしょう?」

つぶやいた声はずいぶんと頼りない。聞き取れなかったのか、腰抱きの女が「なにをおっしゃいました? ほら顔をご覧なさいませ。綺麗《きれい》なお顔の赤ちゃんでしょう」と抱きあげた血まみれの赤子を女の目の前に突きつける。

どうせ育てることはないのだ。育てられる家ではないのだ。だから産んですぐ、よそに預けられると聞いた。誰にも望まれないまま産み捨てられるこの子は不憫《ふびん》。捨ててしまう自分も哀れ。抱かせようと赤子を近づけるその手を、女は拒絶する。

目のまわりをちかちかとなにかの光が乱れたように瞬いた。頭がぼんやりとしている。

いきみすぎたせいだろうか。精も根も尽き果てていた。

「おまえは……いつか」

――いつか、鬼となって人を呪うのかもしれないわ。

自分のかわりに、と、思ったきり、幼い女の意識はふわりと遠のいていく。

次に女が目覚めたとき、もう赤子は側にはいなかった。産屋でもなかった。わびしい藁《わら》葺《ぶ》きの家の室内に、白衣を脱がされ別の衣装を身につけて横たわっている。さっきまでいた腰抱きの女たちも、もういない。

――守り袋が。

ふと自分の手を見る。ずっとそれだけが頼りと握っていた守り袋はなくなっていた。いつあれを手放したのか記憶にない。

女はどうしてか泣きたくなった。

――あの子の手を握ればよかった。

小さなあの手は、柔らかかったのだろうか。あたたかかったのだろうか。

まるですべてが夢だったかのような、いつも通りの世界のなかで、腹の痛みだけがじゅくじゅくと続いていた。

これは――女が、まだ幼かった頃の、寒い冬の日の記憶である。

1

宣耀殿《せんようでん》――春の山里を描いた几帳を立てかけた華やかな部屋の奥に、暁《あかつき》の上家《かみけ》から輿入《こしい》れした明子《あきこ》姫が臥《ふ》していた。

一月の射礼《じゃらい》の儀も終わり、末に向かう夜のこと。

「明子姫さま……あの……」

女官の式部が御帳台《みちょうだい》に声をかける。その向こうで明子が何度も身体を反転させ、ときおり「うーん」と小さく呻いていた。

「具合が悪いのよ。ほうっておいてと言っているじゃない」

明子の返事はそっけない。

「ですが……正后さまがお見舞いにいらっしゃいまして」

少しだけ間があいた。

「正后さま……千古《ちふる》さまが!?」

悲鳴のような声を明子が上げた。

「はい。いまあちらにお待ちいただいておりますが」

女官の式部がおろおろと取りなすと、

「千古さまをお待たせするなんてできないわ。すぐにこちらに——ああ、だけど私は臥せっていたからみっともない格好なのとそれだけはお伝えしてちょうだい。化粧もなにもしてないし、かぶっている夜着も袿《うちぎ》も……なんで今夜に限ってこんなぱっとしない袿を……私ときたら……」

ごそごそと身じろいで居住まいを正す音がせわしない。

女官は「はい」と短く応じ、すぐに廂《ひさし》の間で待つ千古を招き入れる。

障子が開くと、甘さと青さが混じり合った不思議な匂いがふわりと空気に紛れ立ちのぼった。千古が装束に焚《た》きしめている香である。

——吸い込んだだけで胸の内側が大きく広がるような、すーっとする香り。

式部は、平伏する自分の横を通り過ぎる千古の匂いをそう感じた。

千古は香の調合に長《た》けていて、日々、研鑽《けんさん》につとめている。今上帝の身につける懐かしいような、爽快《そうかい》な香もまた千古が調合したものだと聞いている。いい匂いの香だけではなく、たまにはとんでもないものを作ってのける。たとえば彼女が調合し、内裏の女官たちに配布した特殊な油は、男たちを一撃で撃退できる強烈な刺激臭のするものであった。

「そのまま寝ていらして。いきなりなんの先触れもなしで訪れた私が悪いのよ。気を遣わないでくださいね。あなたは病人なのですから」

おっとりと告げる千古の声は、ひそめていても、鈴の音のごとき朗らかな快活さが含まれている。

千古の背後に控えているのは、登花殿《とうかでん》の典侍《ないしのすけ》である。

若くはないが、老いても見えない、年齢不詳のこの女官は――遠目で見るとたまに女官ではなく武士に見えることがある。やたらと凜々《りり》しく迫力があり、背筋がいつもしゃんとして、ときに一切足音をさせずに忍んで歩く。女官の衣装の作りと袴《はかま》さばきからすると、衣擦《きぬず》れも足音もさせないのは、難しいはずなのだが。

彼女は朱塗りの盆を掲げ持って歩き、座ると同時に、目の前に置いた。盆に載っているのは小さな薬罐《やかん》と湯飲みである。

「具合が悪くてずっと寝込んでいらっしゃると伺ったものだから心配になったの。なにより今日いただいたあなたの文の筆跡が少し乱れていましたもの。力が入らないのかしらって」

「なんということ。明子は、至らぬ手蹟《しゅせき》の文をお届けしてしまったのですね。申し訳なさすぎます……」

「いいえ、別に謝ってもらいたいのではなくて。あの……よければお側にいってもいいかしら。胸のあたりがすっきりするような香を練ってきたの。それからお腹が痛いとも聞いているわ。つらいようなら、痛みを和らげるためのお茶を煎《せん》じてきたわ。——典侍」

千古が呼びかけると、すぐ後に座した典侍が「はい。こちらに」と薬罐から湯飲みにお茶を注ぐ。ふわりと立ちのぼった湯気は、どことなく香ばしい。

「念のため、私が毒味をするわ」

言いしな、千古がさっと湯飲みに口をつける。あおのいて一気に飲み干した白い喉《のど》が夜の闇にぼんやりと光って見えた。

——正后が自ら毒味なんて……そんな。

なにかあったらどうするというのか。いや、なにかあるようなものを正后が持参して、後宮の別の姫に勧めたらそれは大事件だから、なにごとも起きないのはわかっているのだけれど。

それでも式部はおろおろしてしまったが、千古についている典侍は、平然として顔色ひとつ変えない。

部屋のあちこちに掲げている灯台の火がゆらゆらと揺れる。

「うん。不味《まず》くはないけど、美味《おい》しくもない。適度に苦い。でも——効能はあるのよ。これはドクダミとハトムギを配合したお茶よ。お腹の調子を整えて胸焼けにも効くし、肌荒れにもいい」

「肌荒れにも効きますの……？」

明子が御帳台の帳《とばり》をわずかに掲げ、そっと千古たちを見た。慌てて式部が膝立《ひざだ》ちで近づき帳を巻き上げ、支える。

夜着を肩にかけたまま尋ねる明子の頬や鼻の横に、ぽつぽつと赤い湿疹《しっしん》が浮いている。腹痛で腹が鈍り、次に明子の顔に吹き出物ができた。全体に身体が浮腫《むく》み、もともとそんなに華やかではない明子の風貌《ふうぼう》がさらに残念なものになっている。平凡で取りたてて目を惹《ひ》くものはないなりに、肌のきめの良さと長い髪だけは姫らしく綺麗に整えていた明子にとって、肌荒れは深刻な悩みだった。

「ええ。あなたがここのところ、ふさいでいらっしゃることを主上《しゅじょう》も気にかけていらっしゃいますのよ。訪ねても几帳の向こうから出ていらっしゃらないどころか、昨日にいたっては、病を理由にしてお会いできないと門前払いをされたのだとか」

「も……申し訳ございません。明子ごときが主上に無礼を働いて……さぞやご立腹されていらっしゃるのでしょうね。ですが私……本当に昨日はお腹がとても痛くて痛くて」

「主上はそんなことでお怒りにならないわ」

千古は、明子の手前へと盆ごとすいっと滑らせ、自身も静かににじり寄った。身を乗りだした明子の手を握りしめ、優しく、湯飲みを持たせる。

此度《こたび》の正后は立ち居振る舞いがさつで品がないとまわりは言うが――そんなことはないのではと、式部は思う。日常の立ち居振る舞いが慈愛に満ちて、穏やかだ。いつでも柔らかな空気を身にまとい、側にいるとなんとなくこちらも笑顔になる。

美姫《びき》ではないが、それは式部が仕えている明子もまた同様だ。

——千古さまが正后でいらしてくれて、良かったこと。

そうじゃなければ明子のような平凡な姫は、後宮のなかで立場をなくし、日陰者として泣き暮らしていたに違いない。

「苦くも臭くもないから、大丈夫よ。まずは、ひとくち」

「はい」

素直に飲み終えた明子に笑顔を向け、湯飲みを下げる。再び手を握りしめ「典侍。明かりが欲しいわ」と女官を呼ぶ。

「はい。失礼いたします。お借りします」

典侍はさっと立ち上がり、置いてあった灯台を千古の側に運んだ。

「あ……」

明子が怯《ひる》んだようにして袖《そで》で顔を覆い隠そうとするのを、千古が柔らかく押し止《とど》める。

「きめ細やかで美しい肌をしていらっしゃるのに、病のせいですね。荒れているわ。おかわいそうに。口を開けてくださいな。舌を見せて」

「……はい。あの？」

言われるがままに舌を出して見せるのは、明子もまた、素直な性格だからである。なんでそんなことをするのだと、立場が上の正后相手に、問いかけたりしない。

「舌はね、浮腫みを見るのにわかりやすいのですよ。舌のまわりにぎざぎざに歯形の跡がついているのは、水分を排出しきれないでいる体調のときなの。明子さまの舌の端はぎざぎざになっているわ。このお茶は浮腫みにもいいから、煎じたものを明日《あした》もこちらに運ばせますね。飲んでください」

「ひゃい」

舌を出したまま、しまいそびれ、変な声をあげてうなずく明子の頰を、千古がさらりと撫《な》でる。

「ありがとう。脈はそこまで不穏なものではないようですが――お腹のあたりを触らせてもらってもいいかしら？　仰向《あおむ》けで横になってくださいな」

「え……」

おたおたと千古の言うがままに明子は仰向けになった。千古が自身の両手を灯台の明かりにかざし、擦《こす》り合わせてから、明子の夜着と袿の前をゆるくはだける。明子はされるがままに無防備に手足をのばし横たわる。

「ああ、お腹が冷えているわね。なんて冷たい。ここは痛い？」

ぎゅっと押す。

「いえ、そんなでは……あ、そこは……痛いです」

「なるほど。ここが硬いわね。ええと……明子さま、ちょっとお耳を貸してくださいまし」

「はい？」

「お通じは、どれほど前に？」

ひそっと小声で聞いた問いかけに、明子はやはり小声で「この五日ほど出ておりません」と答えた。

「そう。でしたらこの病は、おそらくは――」

千古が低い声でとある病名をささやいた。

※

というような日常を千古たちが後宮で過ごし――春もそろそろ終わりかけの二月の末となった。

曲水《ごくすい》の宴《うたげ》が近づくにつれ、月薙国《げっていこく》の内裏の女たちは皆、新しい装束を仕立てるのに夢中になっていた。

自身を着飾ることもそうだが、結婚をしている女たちは夫の衣装の用意をするのも、つとめのひとつ。貴族たちは趣味のいい装いにひときわ気を遣う。

帝《みかど》の命により、正后である暁下妃《きょうかひめ》千古のために建てられた一条《いちじょう》の屋敷——千古もまた、体調不良のためと言い訳をした里下がりで引き籠《こ》もりつつも、妻として、せっせと帝の新しい装束を縫っていた。

本当のところ、体調は別に悪くない。ただ後宮だと窮屈で好きなように過ごせないから、適当にごまかして引き籠もっているのである。

一条は、正后の里として用意されたのに、質素な佇《たたず》まいの屋敷であった。寝殿造りなのはそうなのだが、庭は、野草だらけで華やかさがない。まだ樹木は植えられておらず、玉砂利もなく、ただひたすらに土と草。

さらに特色として、塗籠《ぬりごめ》だけはやけに大きい。通常ならば廂がある場所までぐっと広げた塗籠の内側にあるのは、とにかく大量の書物に巻物——そして草だ。薬草と木の枝が干され、煎じられ、紙の上に引っこ抜かれた根ごと置いたまま。

調度品はそのへんで購入したたいした謂《いわ》れのない安物で、実用的かつ丈夫であればそれでいいという持ち主の主張は明白である。

すべてはこの屋敷の主《あるじ》である千古の要望に基づいている。

千古は、帝に、力強く主張した——「庭にだけはこだわらせて。あのね、桜は別になくてもいいわ。綺麗《きれい》だけどさ、内裏の庭で、充分、見てるから。でも梅は欲しい。だって梅の実はあらゆることに活用できるから。あとドクダミも欲しい。ドクダミは絶対よ」と。

ついでに小坊主の変装をし、塗籠の内部や引っ越し荷物を検分し、庭に好みの植物を手づから移植した。

見映えのいい石とか、橋とかはどうでもいい。

千古が欲しいのは薬草園なのだ。

さて、そんな姫らしさに欠けた好みを持つ千古だが、これで縫い物は得意なのだ。得意すぎて、布地だけではなく、たまに人の傷口も縫う。つい最近も、成子掌侍《なりこないしのじょう》の治療として彼女の腕の怪我を縫い合わせたばかりだ。

理由あって、ばっさりと切ってしまった童女のような短い髪が、千古の首筋ではらはらと揺れている。宮中ではひと目を憚《はばか》って鬘《かつら》をつけて暮らしているけれど、ここにいるのには信頼している成子掌侍と、典侍だけだ。

他の女官たちには休暇と共に暁下家の蔵からとりどりの布を出して与えた。おそらく女官たちは実家に戻り、宴のための衣装をそれぞれに熱心に縫っていることだろう。

上質の白い布で帝のための袴を縫いながら、ふと千古が言う。

「成子、これさ」

「新しく仕立てたところで無駄な気もする。帝はいつも同じ衣装に袖を通す。下重ねの裾《すそ》を長く仕立てると嫌がるし、なによりあの人、汚れたり、破れたりしても、同じものを着続けるのよね。特に袴は、上に袍《ほう》があれば破れてても見えないからいいだろうとか言って放置する」

帝のくせに外遊びの好きな童みたいなことを言うのだ。

「そうですね。たまに破れたものを平然と着ていらして、着替えていただこうとしたら拒否されますものね。帝なのに」

成子が嘆息した。

「帝なのにっていうか、帝だからかなあ。次々と新しい装束とか扇とか渡されるのが、嫌なんでしょうね。主上は、貧しい暮らしというものを、身を以《もっ》て知っているから——都びとのように贅沢《ぜいたく》な日々に慣れてたまるものかってどこかで思っていらっしゃる……。たぶん、ね」

今上帝貞顕《さだあき》は、雷雲帝《らいうんてい》としてその名を轟《とどろ》かしている。

物々しい名前で強そうだが、実際のところその通り名は揶揄《やゆ》を含んだものだった。そもそもが帝の名を受け継いではいるが、鄙《ひな》の地で育った貧民育ちの男なのである。

それが青天の霹靂《へきれき》で白羽の矢が立ち、雷《いかずち》のごとく彼の上に運命が降り注いだ。

それでも庶民がいきなり帝になったのだから有頂天になってもしかるべきだろうに、貞顕は心の底から迷惑そうで、うんざりした顔で、毎日、帝としてのつとめを果たしている。嫌そうな顔を隠さないし、たまに貴族たちの高い鼻をばきばきにへし折るようなことをしてのける。

おかげで、民のあいだではどうかはわからないが、都の貴族たちのあいだでは帝の評判はすこぶる悪い。

「そうですね。そこが主上の、良いところでもあるのですが……」

成子が遠い目をしてうなずいて、再び、ほおっとため息を漏らした。

成子掌侍は、体型も顔だちも、声の響きすらも、千古とよく似ている。違いは髪の長さだけ。成子はこの時代の女性らしく豊かで長い自前の綺麗な髪を後にゆったりと垂らしている。

が、内面においては千古と成子は正反対の部分が多い。成子は常識人を自認しているし、千古のような冒険はしないし、できない。

とはいえ——変装して出歩く千古の身代わりとして、正后のふりをして着飾って内裏で過ごして留守番役をつとめている時点で「常識、どこいった？」な話なのだが。それでもとりあえず成子自身は、自分は、千古に比較して平凡で真っ当で普通なのだと思い込んでいるし、そう口にする。

「主上の気持ちは私もわかる。私も最近、暁上姫《きょうじょうひめ》が山ほど着物を作って贈ってくださるから、新しいものは必要ないんだよね。新しいものを出してもらうとちょっとだけ〝もったいないなあ〟って考えてしまう」

千古が言うと、

「もったいないかどうかは別として、明子姫さまのあれはどうなんでしょうかね。暁の上家の姫さまがわざわざ自ら装束を縫って正后にやたらと贈り物として寄越すっていうのは……。だいたい姫さまのお衣装はすべて私たち登花殿で、お似合いになるものを調えていますのに……」

成子もまた考え込むようにして、針を持つ手を止めた。

内裏にある四殿五舎の後宮のうち、五舎はいまだに無人である。

四つの殿の、登花殿には正后となった暁《あかつき》の下《しも》家《け》の千古が入っている。弘徽殿《こきでん》にいるのは宵《よい》の上家《かみけ》の蛍火《ほたるび》姫。麗景殿《れいけいでん》には宵《よい》の下家《しもけ》の星宿《ほしやど》姫。宣耀殿には暁の上家の明子姫。

暁と宵、上と下、それぞれの家に格差はなく力は均等だ。ただし家の問題ではなく、そのときどきの大臣の器量によって、政治上の発言権の差はできる。

そして、この四つの家の姫だけが、後宮の正后争いに参入することができるのだった。

通常ならば正后がひとり決まれば、他の家の姫たちは後宮を下がるはずなのだが――今回の后《きさき》選びは事情があって、千古が正后におさまったあとも各家の姫が後宮に居座り、いまだ火花を散らしている。

東宮になられる御子《みこ》を誰かが産むまでは、おそらく全員が後宮に残り続けるだろう。

千古もそれがわかっているけれど――自分が御子を産む気はいまのところは、毛頭、ない。帝もまた、現状は千古と子をなそうとは、しないのだ。

「どうなんだろうね。ただ、善意だから断れないし、仕立てあげて贈ってくれたものを自分で着ないで女官たちに下げるのは失礼よね。だって相手は同じ後宮にいる姫なんですもの」

千古もまた針仕事の手を止め、首を傾げた。

同じ後宮の、宣耀殿に輿入《こしい》れをした暁上姫明子は、どういうわけか千古をやたら慕ってくれている。このあいだも具合が悪いという相談を長々と受け、疾病の治療と薬の話が大好きな千古はついつい調子にのってさまざまな薬を処方して渡した。

脈を測ったり、顔色を見たり、お腹まわりを撫でさすったりと検分した結果——千古が明子にくだした診断は「便秘」である。

明子はひどく恥じらい「絶対に絶対に帝さまに、この病のこと話さないでくださいね」と顔を真っ赤にして念入りに頼み込み、千古の煎《せん》じたドクダミとハトムギのお茶と、その後に新たに渡したセンナのお茶で、見事、元気を取り戻した。腹痛も、肌荒れも、一気に解消し、我ながらあっぱれな見立てであったと自画自賛した千古だったのだけれど——。

その後、明子はさらに千古を慕い、ものすごい勢いで贈り物を寄越すのだ。

東宮出産待ちという特殊な混線模様となった後宮のなかで、正后の千古を慕ってくれる姫がいるのはいいことだとはいえ——。

「今日のそのお着物も明子姫さまの贈り物ですよね」

薄様色目の坪菫《つぼすみれ》の紫の濃淡は、いまの千古の肌には、あまり綺麗に映らない。小坊主の変装で外を出歩く日々が増えるにつれて、千古の肌色は健康的になりすぎた。色白ではあるけれど、昔は透かしてみると桃色が覗《のぞ》くような白い肌だったが、いまはぼんやりと黄色を滲《にじ》ませたかのような肌である。

「うん。明子姫は困ったことに、薬草とか盥《たらい》とか鉄瓶とか鍋《なべ》には興味がない。そういうのが好きでいてくれたら、贈り物ももっと喜べるのに」

「ええと……そこは、あの方は普通のお姫さまですもの……」

そう——明子姫は、良くも悪くも普通の姫なのだ。

下々のものには距離を置き、目上のものには笑顔を見せて心の底から追従できて、帝のことをありがたがって、後宮に嫁いだ自分を素晴らしい幸運に恵まれたのだと目を輝かせて語れる心を持っている。

そんな後宮の姫が善意で正后に贈るのは、どれもこれも高価なものだ。しかもこれは明子の趣味なのだろうが、実用品ではなく、装飾品に特化している。身体はひとつしかないのに何着装束を着せる気か……と正直、千古はのけぞった。頭もひとつしかないのに、どれだけ梳《くしけず》らせる気かという量の櫛《くし》も届いたし、日替わりで持ち歩いても死ぬまでもう充分なのではというくらいの扇も手元に集まりつつある。

おまけにどれもこれも、微妙に――千古には似合わない色合いなのである。

「登花殿に仕える者として意見をしてもよろしいでしょうか。千古さま、これからはできるだけ明子姫さまがお贈りくださったものを、穏便にお断りしていただけますか？」

とうとう成子が苦悩に満ちた声音でそう言った。

「うーん。だけど明子姫のは善意の申し出だからなあ」

煮え切らない返答の千古に、成子がむうっと膨れて、つぶやいた。

「姫さまは自らが攻めに出るときは強気なわりに、守護に回ると弱々しくなっちゃいますね。もしかして後宮で、一番、苦手な相手は明子姫さまだったりします？」

「そうかもね。さすが成子、私の性格、よくわかってる」

たいていのことを機転と気合いでどうにかしてのける千古だが、ただひとつ、千古は案外、情あるものに関してはぬるくて甘い。親切な行いを強く拒絶できない。

「明子姫がよっぽど千古さまのこと好きなんだなあってのは私もわかってます。千古姫さまの留守番で私が正后の身代わりをしているときも、なにかと登花殿にいらっしゃるし、貝合わせやら囲碁やらお誘いも多いのです。あまり頻繁だと身代わりがばれてしまいそうでお断りするようにしておりますが……それでも」

あの姫さまはどういうわけか、私からしてもきっぱりと断りづらいのだと、考え込みながらゆっくりと告げた。

「わかるよ、それ。弘徽殿の姫にはひりひりしながら対応するし、麗景殿の姫にははらはらしながら綱渡りな気持ちで向き合うけど——宣耀殿は……ひどく、こう……ぬるっとしているから。つかみどころがあるようで、ない」

「ぬるっとって」

成子が苦い笑いを浮かべる。

「誉《ほ》めてます」

「誉め言葉に聞こえませんが」

「だって、この私が、断るための奇策すら思いつく術《すべ》もないっていうのは貴重かもしれないよ。逸材かも」

「逸材だとして……どうされます？」

千古と成子は互いに顔を見合わせ、同じに肩を落として「どうしようもないね。困ったねえ」と嘆息した。

と——。

近いところで犬の鳴き声がした。

「捨丸《すてまる》が床下から出ていって、吠《ほ》えてるわ。誰か来たわね」

捨丸は、千古の犬である。懐いてしまって離れないから、捨丸という名を与えて可愛がることにした。どこにいくのにも側について歩き、千古にだけ忠義を尽くす、実に立派で愛らしい犬である。

少し経つと、案の定、奥の障子が開いて「帝《みかど》さまがいらっしゃいました」と典侍《ないしのすけ》が告げた。

足音ひとつさせず歩いてまわるのは典侍の特技だ。

そして、今上帝は帝の癖に先触れを厭《いと》い、行幸だというのに気軽にふらふらと歩きまわる。

「あ、そう。ちょっと前に噂してたとこだよ。ちょうどいい」

他の姫たちならば大慌てで恥ずかしがり化粧を整えたり気遣ったりするところだが、千古は別に気にしない。

さらっと応じると「噂ってなんだ」と、典侍の背後から帝がぬっと顔を出した。帝は常に最小限の供しか連れずに、こんなふうに神出鬼没なのである。

——それだけ貴族たちに疎んじられているということでもあるのだけれど。

自由に過ごせるということは、見放されているということと同じだ。帝の身の上になにがあってもかまわないから、好きにさせてもらっているのだと、帝も千古もわかっている。

「今上帝は服が破れたり汚れたりしても着替えてくれないって、そういう話」

思いだしたように再び針をちくちくと動かし答える千古だが、成子は縫い物を端に置いて、両手をついて「帝さま」と、うやうやしく平伏する。典侍は来たときと同じに無音で部屋を去っていった。彼女はいつも仕事を抱え、忙しい。

「わざわざ用意してくれたのに申し訳ないという気持ちはあるが、着慣れたもののほうが動きやすい」

帝は典侍が用意していった円座の上に無造作に座って言った。漆黒の目は清々《すがすが》しいくらいに怜悧《れいり》で美しく、帝はとにかく顔が、いい。きらびやかな容姿が、立ち居振る舞いの武骨さのすべてを補っていた。

「あー、そうだね。私も変装してるときに着る白衣《しろきぬ》と腰衣は慣れたもののほうが着心地がいいもんなあ。糊《のり》がばりっと利きすぎてると動くときに音がするし、忍び込みづらいよね。だったら着なくても、仕方ないね」

「だろう？」

とんでもない部分でわかりあっている帝と正后の夫婦を見やり、成子が小さく嘆息した。

そんな成子に視線を移し、帝が尋ねる。

「掌侍《ないしのじょう》？　おまえはちゃんと木剣を振っているか？」

　と、成子が目を泳がせてから、帝の視線を逃れるように再度平伏し「申し訳ございません。明日からしっかり鍛錬いたします」と謝罪する。

「いや、いい。すまん。そこまで謝罪しなくていいし、しっかり鍛錬しなくてもいい。責めてない」

「……はい」

「怒ってないからな。しかし、掌侍は正后と違って困ったときは目を逸《そ》らすからわかりやすいのが、いいな。正后は平気な顔で嘘や言い逃れをするから」

　懐から取りだした扇を膝《ひざ》のあたりで軽く叩《たた》き、ぱたりと開いて笑う。成子が身を小さくしているのを見て、気が咎《とが》めて場を和ませようとしたようだ。

「人を、悪者みたいに言わないでくれます？」

　千古が口を尖《とが》らせた。

「誉めている」

「誉め言葉に聞こえませんが」

「だが、この俺が、だまされそうになるっていうのは貴重かもしれないぞ。逸材かもな」

　聞いていた成子が、ぷっと噴いた。

　ついいましがた、似たようなやり取りを成子と千古でやったばかりだ。

「なんだ？」

帝は不思議そうにしているが、千古は思いあたるところがあるのでなんとも微妙な顔になった。

同時に成子を見つめてくるふたりの顔を交互に眺め、成子はくすくすと笑いを零《こぼ》す。

「千古さまと帝さまはなにやかやとおっしゃりながらも、見事に仲の良いご夫婦なんだなあと思ったものですから。お気が合いますこと。嬉《うれ》しゅうございます」

「そりゃあ比翼連理の仲だから。傍《はた》で思っているよりずっと俺たちは互いのことを思い合っているし、情もつながっているつもりだよ。少なくとも俺はおまえを正后にしたいと自分で選んだんだ。なあ、そうだろう？」

帝がさらっと応じ、千古に同意を求めた。

「私もあなたを応援したく感じて、共に歩む道を選んだわ。入内《じゅだい》したときはさておいて、いまとなっては、私は、あなたが思っている以上にあなたの資質を買っている」

言い方によっては惚気《のろけ》に聞こえるはずなのに、まったくそう聞こえてこない夫婦それぞれの意思確認である。

成子は目を白黒させて聞き、つぶやいた。

「なんでおふたりのそういう会話は、殺伐として聞こえてしまうんでしょうね」

「それぞれに求めるものが明確で、自覚ありきの政略結婚だからだと思う」

即答した千古は、そのまま帝に尋ねた。

「ところで今日はお供を連れてきた？」

「行き先は告げて、牛車《ぎっしゃ》でここまで来たが、供も牛車も先に帰らせた。なんでだ？」

「じゃあ長居しても平気ね。せっかくここに来てくれたのなら、曲水の宴《うたげ》に向けて歌の練習しましょうよ。私は教えられないけど、典侍も成子もいるし学び放題だよ」

と帝に詰め寄る。

「歌か」

めったにないことに帝が絶句する。いつも強い光を放つ双眸《そうぼう》が、げんなりと弱気になった――ように見えた。

「あなたがそういうの嫌いなことはわかってるけど……去年はあまりにもいろんなことがありすぎたもの。曲水の宴はただの歌会じゃないわ。清らかな水の流れで不浄を祓《はら》い、無病息災と国家の安寧を祈るものよ。いまの宮中にはそれが必要。しかも、帝であるあなたの名において開催することに意味があるの。ここは！　ちゃんとした歌を詠むべきところなの！」

縫っていた袴《はかま》を傍らに置き、千古が、ぐっと拳《こぶし》を握りしめて主張する。

曲水の宴は春の宮中行事だ。

琴の音を楽しみながら、中庭に流れる遣水に酒を注いだ杯を流し、酒の入る杯が自分の前を通り過ぎる前に和歌を詠む。素晴らしい歌を詠んだ者には帝によって褒美を授けられる。

最終的に輿に乗った殿上人たちが飲んだり歌ったり奏でたりしだすのは、いつものお約束だ。そこでちょっとでも、これまでとは違う感じに雅《みやび》やかな風情を帝が醸しだしたなら――みんなの帝を見る目が変わるのではと、千古はそう企《たくら》んでいる。

風雅を解さない野人で乱暴者だとみなされている帝の立場を少しだけ、底上げしたい。

いままでのところ帝は、習ってこなかったからできないだけで、教わったことはすぐに覚えて「やれば、できる」そんな器用さを持つ人材なので。

「俺に歌の才は、ない。俺には貴族の心がわからないし、持ち合わせてもない。付け焼き刃でなにかするより、できないことはできないまま、いつもの俺で過ごしたほうがましだと思うぞ」

「そうはいっても主上には、人の心はあるじゃない。人の心があれば、歌の心につながると思うのです。和歌は貴族のものだけではありません‼」

自分も歌が下手なところは棚に上げ、力説する。帝が嫌そうに顔をしかめ、返した。

「普段のおまえは、呪術《じゅじゅつ》や祟《たた》りを否定するのに此度《こたび》の宴だけはやけに力を入れてるな。不浄を祓うといったって、内裏の庭に引いている川の水がまず不浄だぞ？」

内裏の川といったら御溝水《みかわみず》だ。

山から海へと流れる大都川《おおつがわ》の水をそのまま利用したものである。都の一条の大内裏につながる陽命門《ようめいもん》から、内裏のなかの御殿や塀に沿わせて流した御溝水は、庭の池の水になり、場所によっては立てかけた岩を小さな滝となって落ち、遣水にもなって美しい庭を形作っている。

その御溝水は、しかし内裏の門を抜けるとそのまま村里の、民のための川となる。内裏の外で暮らす者にとっては、日常を生きていくための水であり、かつ、死にゆくものを押し流す水でもあった。

「わかってる。小坊主の格好で外にいく度に、河原でお経を唱えるし、打ち捨てられた亡《な》骸《がら》を拝んでいるから」

千古の声が低くなる。

天候不順に疾病流行と、この数年、世の中は不運にばかり見舞われていた。都の貴族たちは、のらりくらりとすべてをすり抜け、私腹を肥やすことだけに執着してきた。帝が大臣たちの力を削いで、やっと昨年、少しだけだが思うような政治ができた。民の税を下げ、国の蔵から米や麦を民間に放出し――しかしそれだけではまだ足りない。

「すべては俺の不徳のいたす所で、忸怩《じくじ》たる思いはある」

深いしわを眉間《みけん》に刻み、険しい顔で帝が言う。

その目元に憂いの影を見て、千古はほうっと息を漏らす。帝はここのところ、ずいぶんと、張りつめて日々を過ごしている。

「そんな言い方しないでよ。あなたは充分、やるべきことをやっているわ。他の誰がなにを言ったって、私はあなたがちゃんと人の心に向き合って『帝《みかど》になろう』としているのを、知ってる。いままでの帝たちにはできないことをきちんとしてのけた」

——でも、まだ足りない。

この程度の政策では、民人と国を救えない。

それは千古も、帝も、互いにわかっていることだった。

「暢気《のんき》に宴をしている場合なのかと思っている。おまえがそこまで曲水の宴に力を入れるのが、不思議でならない。他の人間なら、いざ知らず」

小坊主になったときの千古は、世話になっている師から〝想念《そうねん》〟の名をもらい、内裏の不浄によく呼ばれるようになった。小坊主ごときにはなにもできないが、立派な和尚である師の想見《そうけん》に付き従い、荷物持ちをして読経と護摩焚《た》きを間近で眺め——しみじみと思ったことがある。

——祈りは、人の気持ちを晴らすことが、ある。

「私は、人の罪をなにもかも呪術や祟りにまかせる荒っぽさが嫌いなだけよ。信心深い人たちの弱っている心を柔らかく解《ほど》けるのなら、呪術を使うことにやぶさかではないわ。曲水の宴はうまく使えば、みんなの気持ちを安らかにできると踏んでるの。わかる？」

抜本的な解決にはならないとしても。

実際、内裏の大多数は呪術と祟りを信じているから、ちゃんと使えば実によく効く。うまく伝わるかどうかと懸念しながら千古が言うと、帝が苦いものを飲み込んだ顔になった。

「言おうとしていることは、わかる気がする。無残なことが起きたとき、里のみんなが神仏に祈った。ああいうときの神仏は、心の奥の大事な、なにかだ。結局なにひとつ助けてくれることはないし、自力でどうにかするほうはないんだけどな」

後のほうに零《こぼ》れる本音は、いつもの帝だ。目に見えるもの、役に立つものしか、信じない。だが、それこそが、帝の強さだ。迷信も見せかけの権威も——不要と決めたら力尽《ちからず》くで斬って捨てるし、邪魔だと感じれば牙《きば》を剝《む》くのが、帝という男の本質だ。

彼は野育ちの獣なのだ。

突拍子もない男を国は帝に据えてしまったものだが、彼を連れて来たときは、貴族たちはこの男の資質に気づくことはできなかったのだ。

よくぞこんな物騒な男を傀儡《かいらい》にできるなどと、大臣たちは思ったのものだ。

「——人が死にたくなるのは、今日がつらいときじゃない。明日《あした》が見えなくなったときよ。呪術はたまに、人の心に希望を灯《とも》す。そういうまじないならば、みんなにかけるべきだと私は思う。ついでに言うと、あなたはその容姿だけで人の心に訴えることができる。貴族はね、見た目の美しさと風雅に弱いのよ。主上の容貌《ようぼう》の美しさは、私にはない特別な力よ。

もっと磨かないと……」

帝の口元がへの字に曲がった。納得していないのだろう。

「そういうものか？　俺としてはなんなら曲水の宴を中止にして、すぐにでも鬼の都を調べに出向きたいところなのに」

「鬼の都って？」

おとぎ話のようなことを言いだしたものだと、千古と成子が顔を見合わせて首を傾げた。

「鬼と魑魅魍魎《ちみもうりよう》が都にも里にも跋扈《ばつこ》しているのは知っているだろう？」

「ええ」

ひとつの村を消して失踪《しつそう》していった、天狗《てんぐ》鬼に鎖鬼に赤鬼。

都鼠が都の屋敷に火をつけてまわり、あやかしが跳梁《ちようりよう》跋扈する。

鬼やあやかしと名づけられ怖れられながらも、どれもこれも中身はすべて人だ。鬼は、人。国に従わず、国の法から飛び出して生きようともがくものたちの総称だ。

「地方の役人から、信濃《しなの》に鬼の都ができたという報告が届いた」

信濃は、都からずっと東に進む内陸の地である。

そこに鬼の都が――？

「直に見たいから俺が自分で出向こうかと思ってな」

「あなたが出向けば行幸ってことになるわね」

「そうだ。〝国と民の疲労は色濃く、天災と疫病に見舞われて復興も遅い。このうえは我が足で、山伏たちと同じ山道を辿《たど》り歩き、寺社巡りの禊《みそ》ぎを行いたい〟とでも言えば、すぐに通るだろう。留守にしたあいだは貴族たちは内裏で好き放題に羽をのばすんだろうが」

うんざりとした言い方だった。

「帝が寺社を巡って参拝祈禱《きとう》を行われるのはよくあることですものね。その言い方ならば誰も止めないし、あなたがいないあいだに内裏で彼らは彼らで次の計画を立て、人脈をつないでいくことに腐心するでしょうね。ただ、ひとつだけ気になってしまう。信濃というと――流刑地じゃない？」

「ああ。彼の地に『都』を作ろうとするなら、それはおそらく流された貴族だろうな。おかげで都の貴人たちはなぜか大慌てになって、自分の屋敷に僧都《そうず》を引きこみ、加持祈禱を求めている」

信濃に鬼の都ができて、自分の屋敷で加持祈禱。

千古にも思い当たる節があり、苦く笑った。

「あ～、そうね。貴族というのはそういうふうにすぐに呪術に走る節がある。あれでしょう？　鬼の都がもしも本当にあるのだとしたら、それは本物の都の貴族の誰かを呪うための呪術の都なんじゃないかという疑心暗鬼でしょう？　呪術って、仕掛けが大げさであればあるだけ、見映えがいいものね」

「おかしな話だ。恨むことがあるなら遠い地で〝もうひとつの都〟を作るんじゃなく、実際に都の、当人のところまで足を運んで、ひと思いに刀で切り裂けばいいだけじゃないか。まどろっこしい」

吐き捨てた帝に、成子がおろおろとして静かに声をかけた。自分の唇に細いひとさし指を押し当てて、

「……主上？　あまり物騒なことをおっしゃらないでくださいませ。言霊《ことだま》というものがあると聞きます。怖ろしいものを呼び寄せてしまうかもしれません」

と心配そうにして言う。そのまなざしや、言い方から、心底、帝のことを案じているのが伝わってくる。成子は心根が優しいのだ。

「言霊などあるものか」

と眉根《まゆね》を寄せる帝に、千古が呻吟《しんぎん》してから「ないわけじゃないわよ。言霊」と、言い返した。

「実際、私は言霊をよく使う。気がふれたと噂され、いまやすっかり失墜してしまった宵《しょう》下大臣《かのおとど》のあれも、私が丹念に巡らせた言霊の結果よ」

「あれは――言葉だけではなかっただろうが」

「言葉がなければ最後の仕上げに至らなかった。同時に、言葉がなければ、人の呪いも解

けないことがほとんどよ」

　帝はつかの間、考え込んだ。

「なるほど。おまえが言うなら、そうなのだろう。たしかにおまえは言霊を使う。だとすると大臣たちが強く主張する、曲水の宴《うたげ》も必要なのかもしれないな。俺は、今回の宴のために、潔斎をすべしと進言されている。面倒だが、聞いてやることにするかな」

「そうね」

「朝議でも大臣たちに恩着せがましく〝おまえたちのためにも潔斎を行う〟と伝えてやろう。ついでに、こちらはこちらで行幸をやらせろと言い張ればどうにかなるのだろうし……」

　少しずつだが、帝は、譲歩することを覚えている。交換条件を提示して、互いのすりあわせをしていく方法も。野性の獣が都に連れてこられ、信頼できるのは自分自身だけという生活のなかで、身体と心に傷を負いながら身につけていった知恵である。千古たちと共に過ごした一年の蓄積だ。

　そして——とんでもないことを帝が千古にさらっと聞いた。

「ところで鬼の都を調べにいく寺社巡りだが、一緒にいくか？」

「はい？」

「参拝の人選のすべてを采配《さいはい》はできないが何人か放り込むことくらいは、いまの俺にならできるだろう。とりあえず秋長《あきなが》は連れていこうと決めている。山歩きになるから道のりはきついが、それでもいいなら、おまえも一緒に来い」

——一緒に来いって。

千古は、思わず、はっと息を呑《の》む。

これもまた、帝と千古たちが共に過ごした一年の蓄積のひとつだと思う。このひと言は、ひとりきりだった帝が、秋長や千古の手を借りることを厭《いと》わなくなったという意味を持つ。帝自身に自覚はなくても。

人の変化は、いつもこんなふうに、積み上がっていったなにかがふいうちでいきなり芽吹く。どこかに植えた種子が温度と水に癒やされて、育ち、ある瞬間に言葉や行動になって溢《あふ》れる。

もっとも芯《しん》のところで傲岸《ごうがん》な彼のことだから「おまえの手を借りるのではなく、おまえたちを守るために連れていく」と思っていそうなのだけれど。

それでも——守りたいと感じられる誰かが内裏にできたのは、いいことではないだろうか。その守護の感情は確実に弱味というものと表裏一体ではあるが。

「あら、嬉《うれ》しい。心が躍るわね。でも、なんで」

千古はあえて、ゆっくりと、聞いた。

成子が「姫さまっ。そこはお断りしてください」と隣で細い声でつぶやいた。

「理由なんてひとつしかない。留守番しろと俺が命じても、おまえは絶対にどうにかして、ついてくる女だからだ。おまえを留め置く手段をいろいろと考えているうちに、だんだん面倒になってしまってな。それなら連れていって、側で守ったほうが気が楽だ」

「なるほど」

帝は——千古のことをなかなか理解してしまったようだ。

さらに千古も帝を適度に理解してしまっている。たしかに彼は、こういうときに理屈を探すことや、相手を説得する言葉を尽くすことを「面倒」というひとことで片づけるところがある。面倒くさいし、もういっそ、身体を動かしてそれでなにもかもを片づけてしまおうと思い切る男なのだ。それでどうにでもなってきたのだから、つまりはそれだけ強くて、運に恵まれている。

「姫さま……まさか、いかないですよね。鬼の都になんて……」

おろおろと唇を震わせて千古にすがりだした成子に、千古は「ごめん。ごめん。これはもういくしかないでしょう。ほら、主上に直に言われたら断れないしね。危ないことは、そんなにしない」と、実に心のこもっていない感じに安請け合いをしてみせた。

帝はというと「こんなに心のこもらない謝罪、なかなか聞けない」と変なところで感心している。

「それはさておき」

千古が言うと「さておかれても」と即座に帝《みかど》が返す。あまりに自然にそう言われたので、そういう感じがとても息が合ってきているなと、千古も思う。

「とにかく、さておき。あなたが寺社参拝に出向くその前に都を祓《はら》うの、いい話だわ。曲水の宴には力を入れるべきだと思う。もちろん主上はただそこにおわすだけで輝かんばかりのお方でいらっしゃいますこと存じておりますが、その上で」

「そういうの、いいから。普通に話せ」

つらつらと述べた誉《ほ》め言葉に、帝が嫌そうに顔をしかめた。

「あらためてお願いします。曲水の宴で、穢《けが》れを祓える感じに美しく歌ったり踊ったりしてください。臣下、民びとにもわかりやすい感じで。だってあなたはっきりいって、顔がいい!!」

顔が、と、帝が己の顔を手で触って当惑したようにつぶやいた。

「おまえは俺の顔は怖いともよく言うじゃないか」

そんなことを言っただろうかと思ったが、たぶん言ったのだろう。だって帝の真顔は整いすぎているぶん凄みがあって怖い。

「とても美しいからこそ、黙っていたら怖いのよ。ときどき口の端をあげて笑顔になって?」

「理由もなく笑えるものか」

「だったらこの私が責任を持ってあなたが笑える理由をいくつでも作ってあげるわよ。思いだして笑えるようなこと、たくさんしてみせる。まかせて！　ほら、こんな顔をしたり」

千古は口を尖《とが》らせて、頬を両手でぎゅっとつぶしておどけた顔をしてみせた。

「やめろ。おまえは素のままで普通にしてるのが一番笑える」

「失礼な」

しかも「顔がいい」に対しては根本的には否定はしないあたり、帝はそこは自覚しているのだろう。

まあいいか、と、千古はいそいそと小脇に置いてあった万葉集《まんようしゅう》を手に取った。つくろいものをしながらも、飽きたら読むためにいつも書物や和歌集や漢書を手元にいくつか積んである。

「はい、これ。万葉集」

「もう読んだ」

「参考としてもう一回読み込んで。主上は飾りをたくさんつけたり、きらびやかだったりする和歌より、万葉集の和歌が似合うと思うのよ。本体が豪勢で容姿端麗で声もいいからね。素朴な感じの歌を、ありのままに詠むといい。参考にして」

万葉集を押しつけられて、帝は「む」とつぶやいてそれを受け取る。実に嫌そうな顔をしている。

「……なんでこんな目に……。秋長が内裏にも家にもいなかった。だから、坊主に変装したおまえと俺《あん》にいったか、もしくは薬草を摘むか、買うかをしにいったんだろうからここに残っているだろう留守役の掌 侍《ないしのじょう》をねぎらいに来たというのに」

秋長とは、千古と成子が頼りにしている兵衛《ひょうえ》の男である。典侍《ないしのすけ》の息子の彼は、千古の乳母子《めのとご》でもある。

「……つまり一条の屋敷には私がいないと思って、留守役で残った成子に会いに来たということかしら？」

胡乱《うろん》な口調で問い返す。

「その通りだ。もうずっと都も物騒だから、男手不足な一条の屋敷で、留守は危ないのではと見張りに来た。武に巧みな典侍もいるのは知っているが、掌侍は、おまえじゃないから——正后姿でまた攫《さら》われでもしたらと」

口角を下げた仏頂面で帝が言う。

「そう。ありがとう。いい心がけだと思います!!　成子は私じゃないからね。いざっていうときに相手を叩《たた》きのめせないし、また攫われちゃうかもしれない」

うんうんと強くうなずくと、帝も同じにうなずいた。

「……私？　ちょっと待ってください。私を守るために帝さまが少ないお供でここに来たっていうことですか!?　この日も暮れようとする黄昏《たそがれ》どきに？」

思わず膝立《ひざだ》ちになって叫んだ成子に帝があっさりと首肯した。

「ああ」

「なぜ？　なんて物騒で畏《おそ》れ多いことをおっしゃるのですか……。主上は姫さまのことを鬼退治に連れだすくせに、おかしくないですか？」

悲鳴のような声を出す成子に対し、帝の面差しはあくまでも優しい。

「退治ではなく調査だ。戦うわけじゃない」

「ですがっ。成子は納得できません。主上は姫さまのことをどう思っていらっしゃるのですか？」

「どうって……。適材適所で掌侍のほうが正后に向いているから」

「はい？」

「正直に言うと、ここのところは、暁下姫より掌侍のほうが、長い時間、正后として過ごしているだろう？　千古姫がいなくなってても数日はどうとでもやり過ごせそうだが、成子掌侍がいなくなると困ることが多かろう。掌侍のことは、大事にしなくてはと思っている」

「それは薄々、私も気づいてた。私がいなくても成子がいるけど、成子の身代わりは誰もいないんだよね」

千古がすかさず帝の言葉に相づちを打つ。

「おまえには悪いが、掌侍のほうが正后としての姿もさまになっているように見える」

「悪くないよ。実際、そうなんだし。なんなら曲水の宴も、私は小坊主姿で様子見するから、成子が内裏で帝の隣で座して正后として参加してくれって思ってた」

成子は大きく嘆息し「嫌です。絶対にやりませんから。なんて情けない話なんでしょう。私はそんなつもりは一切ないのに……どうして」と両手で顔を覆う。本気で、脱力している。

「おい。泣きだすなよ、掌侍。こいつはともかく俺はそこまで本気じゃないぞ？」

「あら、そこで、いきなり、かけていた梯子《はしご》をはずすの？」

笑う千古に帝が真顔で、

「おまえがいなくなっても俺は困るし、悲しいからな。おまえのことも守りたいと思っている。だから鬼の都にも連れていく。で——いまさっきのは、ほんの少しでも俺と掌侍のことで悋気《りんき》を見せてくれたらと願って言ってみたんだが」

おまえは俺に嫉妬《しっと》すらしてくれないなあ、と、妙に暢気《のんき》な言い方で帝がつぶやく。

「え」

今度、絶句するのは千古の番だ。

「……お、ちょっと顔が赤くなった気がする」

帝が千古の顔を覗《のぞ》き込む。淡々と、ただ見たままを述べているという口調が、千古の感情をかき回す。恥ずかしいったら、ないじゃないか。

端整な顔が近づいて、きらきらした漆黒のまなざしに射貫《いぬ》かれて、千古はむっとして帝の額を指先でばちんと弾《はじ》いた。どうしてここでむっとするのかの理由は、きちんと察している。

帝はここのところ、千古に対して、己の心の内側の柔らかい部分を無頓着《むとんちゃく》にさらけ出すようになった。

そして、千古はというと、そんな帝に少しずつ惹《ひ》かれはじめているのだ。

ただしそれをいまはまだ認めたくない。素直に気持ちを傾けることに、ためらってしまうのは——後宮の正后という立場を把握しているからこそだ。

——私だけじゃ、帝の後ろ盾には弱すぎるのよ。

千古以外の誰かをもうひとり立后させ、大臣たちのうちの誰かを今上帝の後ろ盾にすべきだと千古の理性が告げている。千古の背後に控える暁の下家だけでは、不足だった。押しつぶされないで、拮抗《きっこう》できる、もうひとつの家の力が欲しい。

しかも、東宮になる御子《みこ》をなす前に——。

——東宮を私がお産みしたら、その後は、うちの暁下大臣《きょうかのおとど》が全力で今上帝をつぶしにかかる。

暁の下家の親族である東宮の後見として、暁下大臣が権力の座につくだろう。そして帝を追い落とし、自分の傀儡《かいらい》の東宮を新しい帝に押し上げて――。

もちろん千古以外のどの姫が産んでも同じことだ。東宮を望まれているが、東宮がその地位についた途端に、彼は後ろ盾を失うのだ。

つくづく足場を固めるのが、難しい。

思いあぐねる千古を尻目《しりめ》に、帝は額を弾かれた拍子にひょいっと軽やかに身体を後ろにずらした。

首を傾げてつぶやく。

「……っ、たいして痛くないぞ？」

「さすがに帝さま相手ですので手加減しました」

帝は自分の額を指先で撫《な》で「ふむ」と、うなずき、眉間《みけん》に深いしわを寄せる。

「手加減されるのは、つまらんな。他の相手なら別にいいが、おまえにだけはいつでも、どんなことでも本気で挑まれたい」

――そういうことを無邪気に言うなっ。

そして本音で言われる言葉のひとつひとつに、千古の心臓がいちいち跳ねるのをどうにかしたい。

「……おや、また赤くなったような？」

帝の指摘に、千古は今度こそ本気で額を弾いた。帝は「わっ」と両手で額を押さえ、声をあげて笑う。

険のある美貌《びぼう》の帝がたまにそうやって見せる本気の笑顔は、悪戯《いたずら》っぽくて愛嬌《あいきょう》があり、華もある。めったに見られない素直な表情を、間近でぽろぽろと零《こぼ》してまわる昨今の帝は、千古からしても厄介だ。

こういう態度は、自分たちにしか見せていないだろうと推察できるのが気持ちをくすぐるのだ。いっそこれが計算ずくだったら身構えて拒絶するのに、帝の場合は天然だ。人慣れしない肉食の獣が、自分の前だけで腹を出してくつろいで撫でまわされるがままになっている。それを愛らしく魅力的だと思わないでいられるものか。

額を弾かれて嬉《うれ》しがっているなんて、おかしな話だ。子どもみたいだ。小さなときならこんなふうに、男女や身分の差などなく、子犬同士が転がりまわるみたいにさまざまな相手とじゃれあって遊んだものだがと、千古は思う。

——帝は、玉体の身の上で、そういうことを私に許す。

嘆息が自然と零れてしまう。あえて頬を引き締め、千古は背筋をのばして帝に詰め寄った。

「主上にかねてお願いを申し上げておりました旨、どのように進んでいらっしゃるのか」

「なんだ、いきなり？　難しい顔になって」

「後宮から、あとひとり、后《きさき》を選んでいただきたく思っております。昨今は私の懇願を受け、主上も他家の女御《にょうご》たちのところにお通いになっているというお話も伺っております。どの姫に気持ちを預けられる覚悟を決めたかを私にも教えていただきとうございます」

今度、難しい顔になったのは帝《みかど》のほうだった。こちらも嘆息し、首を横に振る。

「……おまえには、まだ、言わぬ」

なんで、と言いかけて、ぎりぎりのところで飲み込んだ。恋も雅《みやび》も理解に遠い千古だが、そうはいってもそこまで鈍感なわけでもないのだ。千古と帝は、心が近くなりすぎた。政略的な結婚だと互いに言うが、いまはもう、面と向かって「もうひとりの后」の名を告げられて平気な関係ではなくなっている。

「わかった」

決めていないなら帝は「決めていない」と言うだろう。「言わぬ」というなら「決まった」のだ。

そして——「決まった」からこそ、その前に、千古に対する誠意として鬼の調査への同行を請うたのだろう。そういう形の誠実さが、帝にはある。それがいいのか、悪いのか、千古にはいまはまだわからないのだけれど。

「成子、いまから薬草園の草むしりをするわ。白衣《しろきぬ》の用意をお願い。着替えるから手伝って」

千古は、いきなり立ち上がり、そう告げた。

成子が驚いたように目を見開く。それでも千古に命じられたら、成子は、とりあえずそのつとめを果たすのである。

「そんなこと言って、気づいたら抜け出てどこかにいってしまったりしないですよね。おひとりでの夜のお出かけは、認めませんよ」

と念押しはするけれど。

「しないわよ」

気まずくて、迷うから違う場所にいきたいだけだ。帝はそんな千古の内面を理解しているのか、ゆったりと立ち上がり、無言で障子を開けて部屋を出た。千古の戸惑いに時間をくれる。それに着替えるのなら自分はいないほうがよかろうという配慮を見せた。いつもは足音を立てないのに、こんなときばかりはぱたりぱたりと遠ざかる音をわざとにさせて――廂《ひさし》の奥へと遠ざかる。

しかもちゃんと万葉集を持って出ていった。言われたからには、学ぼうとする。素朴な自分の歌を探そうと努力するのだ。

――ああいうところがっ。

基本の雅やかさには疎いくせに、女心の機微についてはたまに妙な勘の鋭さを発揮するから、嫌になる。かつて過ごした鄙《ひな》の地では、それなりに情をかわした相手がいたのだと聞いた。うっかりして帝の子どもがいる場合、それは政治的な駆け引きに使われてしまうからと、根掘り葉掘り聞き込みをしなくてはならない事件がかつて、あり——どうやら幼いときに出会った女性のことだけはいまだに忘れられずにいるらしき気配まで知ってしまった。いわゆる「初恋の相手」というやつである。

千古の追及に、帝が、長々と弁明し「過去のことだ。それにあれはなんというかまだ俺も幼くて……相手は理由《わけ》ありで地方に暮らしていた少女で……少女っていっても、俺も子どもだったから年齢的におかしな話ではなく……そういう意識のないままに、つまり。まあ、長いつきあいではなかったし、子はなしてないからそういう部分では大丈夫」と言いだして——。

さすがに突っ込みどころが多すぎて「意識のないまま、そういうことになるっていったい」と咄嗟《とっさ》に聞き返すと帝は最後に「うん」と言ったきりしばらく黙ってしまった。

なんとなくだが、むっとした千古である。

日頃は無口なのにそんなところで饒舌《じょうぜつ》になるなと思う。

しかも——思い入れのある守り袋をその女に、別れ際に授けたのだとかなんだとか、言わなくてもいいことを回顧のなかで千古に漏らした。

その後に真顔で「そうか。あいつは、おまえに少し似ていた気がする。大胆だが、たまに儚《はかな》そうに見えるところが。俺の好みというのは一貫しているな。いや、だけどおまえのほうがずっと好みだ。なによりいま、俺の前にいるのはおまえだし」と言いだしたことに狼狽《うろた》えて「私のどこが大胆……かもしれないけど儚そうなのよ」などと、追及がしどろもどろになってしまったあたり、千古は恋愛沙汰《ざた》が苦手だし、帝はあれでかなりのだめ男だ。

それでも彼は、千古の心の機微には聡《さと》いのだ。

言ってもらいたいようなことを、ここぞというときに言い放つ。黙っていてくれというときには、沈黙を貫く。してもらいたいことを、まさしくそこでしてくれという時期に、やってのける。獣みたいに本能だけで、咄嗟に、うまいところに当ててくる。

そう——いま、帝の前にいるのは千古なのだ。それが大事だと千古は思う。

むすっとした千古の着物を脱がす手伝いのために背後に立った成子が、

「難しいことをなさらないで、素直になってくださっていいんですよ。姫さま」

と、ため息をついた。

2

貞顕《さだあき》が千古《ちふる》に鬼の都の話を告げて去った、その夜のうちのことである。

ひとけのない薄暗い後涼殿《こうろうでん》の局に手燭《てしょく》を掲げ、秋長《あきなが》と貞顕の男ふたりが向き合っている。

几帳《きちょう》や屛風《びょうぶ》にゆらゆらとふたりの影が揺れて映った。

使いやすい男というのが、兵衛《ひょうえ》の秋長に対する皆の評価であった。

それに雷雲帝《らいうんてい》貞顕が気づいたのは、わりとつい最近になってからなのだが——とにかくなんでもできる男なのだ。

貞顕が相変わらずのひとり歩きのついでにこっそりと呼びつけると、秋長は、あっというまに時間の工面をつけてすっ飛んで来る。どういうふうに工面しているのかは貞顕には窺《うかが》い知れないが、突然呼んでも、それを断られたこともなければ、遅れてくることもない。

「おそらくこの条件のなかでは信濃《しなの》の姫がよろしいかと思います。係累を辿《たど》っていくと内裏とも縁があり、かつ、富裕の武家。格式も相応に整っていて、四家とは縁故なく、どの家とも均等のつきあいですから、どこかと利害関係が発生することもない」

秋長が言う。

信濃の武家一族と姫について秋長が「調べてくれ」と頼んだ、その報告であった。

「やはり信濃か」

帝がうつむくと秋長が問いかける。

「やはり……とは？」

「この案を俺の耳に吹き込んだ人間が、条件にあうのは信濃だろうとそう言った。そしてそこには〝当たり〟の姫がいるのだ、と。素直に聞けるような間柄でもないゆえに、裏を取りたいとおまえに頼んだのだが……」

その「耳に吹き込んだ人間」というのが誰かを秋長は問いかけない。「〝当たり〟の姫とはどういう姫か」とも聞かない。聞くと面倒なことになりそうな話はあえて聞かないようにするのが秋長の処世術なのだろう。あるいは——聞かずとも勝手に悟ってしまうので確認する必要がないのかも。

「ちょうど年頃の姫が家にふたり……いや、三人なのかな。ふたりは姫ですが、ひとりは鬼なのでどう数えればいいのかわからないな」

「ひとりは鬼？　なんだ、それは？」

「いわくがある養い子で、まともな姫ではないとのことですよ。評判をそのまま鵜呑《うの》みにするなら——鬼姫だとか」

「鬼姫？」

考え込んでいるところで、

「秋長——秋長はどこに!?」

と、秋長の上司である兵衛佐《ひょうえのすけ》が彼を呼び立てる声が届いた。なんでもできるがゆえに、調法がられ、どんな時間であろうと、あちこちで引っ張りだこなのだ。

秋長が問いかけるように貞顕の顔を見た。

ここから去ってもいいだろうかという意味だろう。別にかまわないから、軽くうなずく。聞きたいことはすべて聞き、話したいことはすべて話した。

秋長はにこりと笑ってから、

「ここに!!」

と声を上げ、立ち上がる。いちいち細かいところは気にしなくていいと伝えているのに、最低限ではあるがきちんと礼にのっとった綺麗《きれい》な所作で平伏し、貞顕から離れていく。

貞顕は目を細めてそれを見送り、思った。

――こいつは、最近になってから、少しだけの隙を見せる。

隙のない美男であるより内裏の男たちに好まれるのだと自分の立ち位置を見極めている。なんてあざとい。

「佐殿、秋長はここにおります」

張り上げた声も清々《すがすが》しくて凛《りん》としている。そして秋長がどこかで呼ばれ、答えると、それを聞きつけた女官たちがわらわらと集うのだ。秋長を見るために。

「なんでそんなところにいるんだ。おまえはいつも捜そうとすると、いない。家にもいなければ内裏にもいないことも多いではないか。どうなっているのだ」

「申し訳ございません」

しおれた声で秋長が言う。

貞顕はそっと立ち上がり、火を消して、御簾《みす》の陰から秋長と兵衛佐の様子を眺めた。

それぞれの手に明かりを持つ兵衛佐と秋長は、ひときわ目立ち、明るく見えた。

秋長がうなだれて、うつむいている。そしてその向こう側の庭先や渡殿には、案の定、女官たちが集まってきている。軒先から吊《つる》された灯台が、女官たちの影をひとまとまりにして映しだしていた。

「……誰が名づけたのか〝叱られ美男〟」

ぽつんと言葉が唇から零《こぼ》れた。

秋長は叱られる様子がけなげでとても愛《いと》おしいのだと、女官の誰かが言いだして――以来、彼には〝叱られ美男〟という謎のあだ名がついている。ついでに言うと〝叱られ美男〟をよく叱ってくれるし、頭を下げさせてうつむかせるのが巧みだという妙な理由で兵衛佐の人気もうなぎのぼりなのだそうだ。

――おまえはもとからそんな男だったか？

たぶん――絶対に――違うはず。

「主上《しゅじょう》に申しつけられて探しものがありましたので掃除をしておりました。曲水《ごくすい》の宴《うたげ》の後にお使いになる盃《さかずき》の、縁起のいいものをと。宴に使われるのは事前に丁寧に清められた朱塗りの盃と決まってますが、その後にみんなで呑《の》むのにもここは縁起のいいものがいいんじゃないかって心を砕いていらっしゃったから」

「ほぉ……そういうことを気にしていらっしゃるのか」

「けっこう細やかな方でいらっしゃるから。それで、無事に見つけました。見てください。厄を祓《はら》う桃の形の盃ですよ」

うつむいた形で、目先だけをすっと上げ、秋長が兵衛佐に言う。その表情は、たしかにけなげな犬に似たそれだ。犬が、忠義心を持ったまま、目上のものに対して「きゅん」と泣くときの濡《ぬ》れた瞳《ひとみ》そのままで——それをやられると、だいたいの男たちが、叱りつけた自分の優位性を自覚して、心地よくなるらしい。

「なんで主上はそんな用事をおまえに？　おまえは武官なのに」

「はい」

「はい……じゃないっ」

「……はい」

他の誰かが同様な応対をしたら愚鈍とそしられそうなものだが、秋長がやるとそうでもない。見た目の問題なのだろうか。

秋長は、おもねるのでもなく、屈しているというのでもなく、妙にまっすぐで心地好《よ》い感じに〝叱られ〟ているだけだ。そのまっすぐさが相手にとっては気持ちがいいのかもしれない。

——でも、あいつの中身はそこまでまっすぐか!?

疑問である。貞顕は秋長を、どちらかというと食えない男だと思って見ているのに、秋長の周囲の人間はみんなころりとだまされている。

「ううむ。この盃か」

とうとう兵衛佐が怒ることを諦《あきら》め、差しだした盃を手に取った。

「ほお。なんかきらきらしているな」

兵衛佐はすぐにかっとなって怒鳴るが、それでいて、あまり長くは怒らない。そういうところも〝叱られ美男〟とはいい取り合わせになっている。

「はい。きらきらしていますね。蒔絵《まきえ》です。主上にお渡ししようと思っていたのですが、ちょうどよかった。佐殿にこれをお願いしてもよろしいでしょうか」

後涼殿も後宮の部屋のひとつなのだが、なにせ貞顕は更衣も入れず、五舎も無人のまま放置している。部屋があまりまくっている後宮で、ここは納戸がわりに都合良くいろんなものをしまい込まれた蔵のようになっていた。

だから秋長の言葉を兵衛佐は疑わない。「主上に」とその名前を出されたら、怠けていると咎《とが》めることもできないだろう。

しかし問題は——貞顕はそんなことを頼んでいないということだ。

だから探してもいないはずなのに、どういうわけか秋長はちゃっかりそんな縁起物の桃の盃を懐に忍ばせていて、上司に呼ばれたら咄嗟にそう取り繕う。いつのまに用意したのか。どこで調達したのか。まったく、わからない。

——そういうところだ。

そつがないというか、なんというか。

しかも文武両道で、和歌も詠めれば舞いもやり笙《しょう》の腕前もなかなかで、弓矢も刀も手練《てだ》れである。そこまでなんでもかんでもできるなら同性たちにやっかまれるはずなのだが
——意外とそうでもないのだ。ここのところは〝叱られ美男〟という微妙に情けないあだ名をつけられたこともあり、秋長に対して、男たちの目はさらに和らいだ。

「お、俺がか？　俺が主上にこれを？」

「はい」

それ以上の言葉を言わず、綺麗な目と笑顔でじっと見上げられ、兵衛佐は満更でもない顔をして「わかった」と盃を手に取った。

「ありがとうございます。ところで佐殿、何用でお呼びになったのでしょうか」

すっと背筋をのばし、聞いた。

秋長は、怒られるときも率先して、いい形で怒られる。自分を下げて相手を上げるのはたいていの男たちの手段だが、秋長の場合はだいたいにおいて自分自身を上げたうえで相手を持ち上げてくれるものだから、踏みつける上司も心地がいいし鼻が高い。

——自ら〝叱られ美男〟のあだ名をつけて、触れ回ったのだとしても、驚きはしないな。

あれはそういうこともやれる男だ。

なにせ千古が「役に立つ」と言うような男なのだから。

乳母子《めのとご》で昔から仲良く過ごしていて、そのうえに母親はあの典侍《ないしのすけ》だ。

「鬼の都ができたのだという話を、おまえは知っているか？」

兵衛佐の大きな声が響き渡る。

「はい。噂だけは存じております」

秋長が答える。噂もなにも、いまさっき貞顕が秋長を呼びつけた用件のひとつは信濃にできたという「鬼の都」について意見をすりあわせることだった。

貞顕が動くならすべては行幸だ。そして今回は、千古も同行をすることになるだろう。兵衛の秋長も、貞顕についてきてもらい、千古を守ってもらわねばと思って秋長にそう告げた。

秋長は、貞顕が「正后も連れていこうと思う。もちろん想念《そうねん》の姿でだが。いつものように掌侍《ないしのじょう》に留守を頼み、典侍は掌侍の側に置く。典侍のほうがどの警備の男より強い」と言っても、わずかに眉《まゆ》を顰《ひそ》めただけだった。

驚くか、「正后を信濃に連れていくのは危険ですからやめてください」と諭したり、あるいは少しは怒ったりするかと思ったのだが——淡々と「主上がそのようにおっしゃるのでしたら、それが一番望ましい形でしょう。ありがたくつとめさせていただきます」と畏《かしこ》まって話を聞いていた。

——正后を連れていくなんてとんでもないと言わない男だ。

ちなみに、もうひとつの用向きは「信濃の武家の家の姫を更衣として後宮に嫁がせるのは、俺にとって吉となるか凶となるか。信濃以外にも俺の後ろ盾になり得て、面倒な係累のない、相応の身分の武家の姫がいるならば洗い出してくれ」であった。

これもまた秋長と正后の縁の深さからすると「あらたに後宮に姫を入れるなんて何事ですか」と不服を唱えてきてもおかしくはないのに——なにも言わない。むしろ「それは思いつかなかった。名案かもしれませんね。調べてみましょう」と即座に動いて、報告をくれたくらいだ。

——場合によっては、正后と、その後にいる暁《あかつき》の下家《しもけ》の力が弱くなるかもしれないのに、それはそれでいいということなのか。

貞顕には秋長の腹の内がさっぱり見えない。

兵衛佐が盃を懐に入れ、続ける。

「鄙《ひな》の地に、つましいながらに門が建ち、一条《いちじょう》、二条《にじょう》と通りには都と同じ名がつけられているらしいじゃないか。豪華ではないが、それなりに風情がある都にはなんと大内裏もあるんだってな」

「そうなのですね」

秋長は、いましがた貞顕と同じ話をしたばかりなのに、はじめて聞いたように驚いてみせた。そういうところも食えない男だと、貞顕は思う。

「そこの大内裏にも後宮があって、美しく装った鬼姫が棲《す》んでいるんだそうだぞ。女子どもの好きな草紙のなかの話のようではないか。なあ？」

噂話をしたいから秋長を捜していたわけではないはずだ。しかし、なかなか結論に辿《たど》りつかない。

女官たちも話の続きが気になるのだろう。あからさまにふたりを覗《のぞ》き込み、用もないのに庭先に降りてきたりして、聞き耳を立てている。

兵衛佐が歩きだし、秋長はその少し後をついていく。

ふたりの話がどう転がるのかが気になって、貞顕は後涼殿を立ち去りがたくなっている。足音を忍ばせたまま、姿を隠し、声の聞こえる場所へとゆっくりと移動する。

「その鬼の都を帝《みかど》が討伐しにいくと聞いている。それでな、なにやらおまえも行幸についていくことになったらしいぞ。さっきそういう話が上から来てな」

——寺社巡りで参拝の旅だと伝えていたのに。

千古のところで話をしてから内裏に戻り、行幸への手はずを官僚に頼んで申しつけていたから、兵衛佐にその話が届いていてもおかしくはない。明日の朝議のときには行幸に連れて行く数名の人選を終えすぐに許可を取りつけたいから、そうなった。人をどこかに連れ出すのには、陰陽師《おんみようじ》たちがひとつひとつ星を読み、吉の方位を見つけてくれる。まして今回は「帝による禊《みそ》ぎの旅」だ。秋長を連れていくには、秋長の方位を「先に手を入れて、吉に」しておかねばならなかった。

が。

——陰陽寮に話をつけると、すぐにどこかの手がはいる。

すかさず話はねじ曲がり、真の目的の「鬼の都の調査」すら飛び越えて「鬼の都の討伐隊を組む」ということにどこかの誰かが差し替えた。四家の大臣の誰かだろうか。

内裏での言霊《ことだま》使いは、正后だけではないのだ。

貞顕に鄙の地に鬼退治にいって欲しいという貴族たちの勇み足か。

貞顕を屠《ほふ》りたい誰かはいまやあちこちに潜んでいる。一度あることは二度あるし、二度あることは三度でも四度でも達成されるまでくり返される。だから貞顕は次の寺社巡りでも、きっと誰かに命を狙われるのだろう。手綱を握れない帝は不要というのなら、そもそも貞顕のような男をわざわざ連れてくる必要はなかったのだろうに。もっとあやつりやすい男を根気よく探しだせばよかったのだ。

財を尽くして、考えもなしに、無駄なことばかりしでかすのが貴族たちだ。

うんざりと思考を巡らす貞顕とは関係なく、秋長と兵衛佐の会話は進む。

「自分でお役にたつのでしょうかと不安ですが、そのように申しつけていただけるのは光栄ですね。必ずや手柄をたてましょう」

「うん。だがな……どうだかなあ」

兵衛佐が小声になった。

「無理な税は課せられず、働ける者たちは女も子どもも立派に働き、山の幸と、畑の恵みとで暮らしているんだとか。みんなでわけあったものの残りは蔵に蓄え次の冬に備えている、と。そんな鬼がいるもんかねえ」

兵衛佐の表情がそこで、あきらかに曇る。

「佐殿はどちらからそのお話を聞いたのですか？」

「彼の地で官僚をつとめていた男がな、こちらに戻ってきよってな？　俺は先にもっと怖ろしい話を聞いていたが、その友人の話だと、むしろその鬼は、いい鬼に聞こえてきてなあ。だからおまえを討伐にいかせたくないと思うてな。いい鬼を退治にいくのは、嫌だろう？」

なんだこいつは、いい男だなと、物陰で貞顕は目を剝《む》いた。こういう実直で心のある男が内裏にもいるのか。

「佐殿は……心ある優しい武官にございますなあ。正しき人だ」

秋長が感じ入ったようにつぶやいた。

「え？　なにをいきなり」

「直にこの目でたしかめないことには、いい鬼も悪い鬼も判断もできませんゆえ。この秋長が佐殿の代わりにしかと見届けて参ります。正しき武官の佐殿のかわりに行かせてくださいませ。お気遣いを感謝いたします」

「お……おぅ」

ふたりの声が遠ざかる。

——無理な税は課せられず、働ける者たちは女も子どもも立派に働き、山の幸と、畑の恵みとで暮らしているんだとか。みんなでわけあったものの残りは蔵に蓄え次の冬に備えている、と。

それは鬼の都ではなく、人の都だと貞顕は思う。

むしろそれこそが理想の人の都じゃないか。

※

一方こちらは、一条の屋敷。

帝が去った後、着替えようとしてまず鬘《かつら》を脱ぎかけた途端──また、捨丸《すてまる》が吠《ほ》えた。

捨丸の吠え方には一定の決まりがある。たとえば成子《なりこ》には「よく来たっ」とでもいうような、たったひと声で「わん」で終わる。典侍には、吠えもしないし、尻尾《しっぽ》を後ろ足のあいだに挟んで服従する。

秋長や帝や顔馴染《かおなじ》みの女官などが来るときは「なんか来たぞ。いつものが来たぞ」程度の吠え方をする。ちょっとだけ賑《にぎ》やかになる。

はじめて来る人間には、吠えるだけじゃなく低い姿勢の攻撃体勢を整えて唸《うな》り声をあげる。万が一にでも地位の高い相手にそういうことをしたら失礼なので、千古はいつもひやひやしている。

そして──。

「……捨丸のこの吠え方……まさか明子姫《あきこ》？」

なぜか捨丸は明子の来訪には激しく反応する。わんわんぎゃんぎゃん吠えまくるのだ。

かなり遠いところからでも「来るぞ来るぞ来るぞ来たぞ」と、とてもうるさい。

そんなに好きなのかなと思って、明子の側に捨丸を連れていって様子を見たら、明子が身体を引いて捨丸を怖がったので謝罪して、以降は、側に近づけるのはやめた。それに捨丸も匂いを嗅《か》ぐでも飛びつくでもなく、ぐるぐると明子のまわりをまわって歩きひたすら吠え続けるだけだったので。

「そのようですね」

「こんな吠え方するの、明子姫しかいないもんね。でも——どうして？」

どうしてもこうしてもないのだ。

まさかの——里下がりをしても明子は千古を慕ってやって来た。静かに、心置きなく過ごせたのはわずか五日ばかりのことであった……。

貴族たちの屋敷には渡廊に車寄せがしつらえてある。外に出なくても牛車《ぎっしゃ》の乗り降りができるように、牛車と同じ高さのそこに妻戸がついている。

成子が「私は、後ろにおります」と寝殿へと引っ込んだ。彼女は千古の身代わりになったときに素性がばれてしまうことを怖れ、女官としての自分の姿をさらさないようにつとめている。

「じゃあ私は出迎えて、廂《ひさし》の間でお話ししましょうか。できるだけ成子から離したいし。

廂の上の格子を上げといてくれる？　まだ寒いから火鉢も運んでおいて」

「はい」

成子がきびきびと動きだす。

「明子姫さまでいらっしゃいます。千古は車寄せの様子を見にいくことにした。主上は、奥の廂から外に逃げました。築地塀《ついじ》の綻《ほころ》びを見つけて顔を合わさずにこっそりと徒歩で内裏に戻るそうですよ。物騒だから、築地塀のことは、知らないようなら伝えておけと言われましたが――」

ひとりで歩いていく千古にさっと忍び寄ってきた典侍《ないしのすけ》がそう告げる。

「帝なのに――盗賊みたいな帰り方を!?……っていうか、うちの築地塀、一箇所だける綻びは〝もしも〟のときの私の逃げ場所だから、わざとよ」

しかしよくぞ見つけたものだ、目敏《めざと》いなと舌を巻いた。

「姫さまなのに綻びから出入りするなんて、みっともない。もしものときがあるようでしたら築地塀を上りなさい。修繕の手配をしますよ」

典侍があっさりと言う。もしものときでも千古よりずっと過激な選択肢を選び取る。それが典侍である。以降、千古はこっそり屋敷を出入りするときは築地塀を上り下りしなくてはならないらしい。

「……はい。わかりました」

築地塀を上り下りして出入りする姫のほうが、みっともないのではと思うが――腰を屈《かが》めて身を縮ませるより、すくっと立ち上がって飛び立てというなんらかの姿勢の問題だろうか。たしかに背筋をのばしているほうが、高貴な生まれの人間らしい気もする。

「それでも香の匂いはごまかせないかもしれないから、明子姫さまに主上のことを問われたら〝いらっしゃっていたけれど、すでに帰った〟ということにしておいてくれと。明子姫さまとここで鉢合わせすると面倒そうだから、とのことです」

「面倒そうって……。だめな男の言い訳すぎる」

咄嗟《とっさ》につぶやいた千古に、典侍がにっと笑った。

「いいじゃないですか。後宮の姫ふたりを目の前にしてへらへら笑っているよりは、人間味があって善意を感じられますよ。やぶ蛇になりそうな場所には近づかないというのも、己の度量を知るものゆえの賢さですよ」

「典侍、このところけっこう主上の評価上げてきた？」

「昔から評価は高いですよ？　なにせあの方は帝でいらっしゃるのですから。中身は別として、地位がわかりやすいじゃないですか。登花殿《とうかでん》で、主上を評価しなかったのは、致仕を目指して輿入《こしい》れしてきた千古さまだけです」

「中身も評価してあげてよ」

すかさず返すと「死後に世間が評価しますよ」と冷静に言われた。

「死んだあとに評価されても」

「ですが国の中枢に関わるというのはそういうことです。死んだあとにしか本当の評価はわからない。生きているあいだに結果を知ることができるのは稀《まれ》なもの」

千古は典侍の横顔を思わず見た。典侍は視線に気づいたのか、千古を見返し、言った。

「楽しいでしょう？　だからこそのやりがいがある。姫さまのお名前が文献に残ることはないとしても——未来にあなたたちの足跡が残っているのかもしれないと想像すると、うきうきしますよ」

歴史書を繙《ひもと》いてみれば、過去の記録がしるされている。典侍の語った言葉に同意せざるを得ない。自分たちの行った国造りの成果がわかるのは、おそらく死後だ。

「うきうき……するの？」

胡乱《うろん》に問うと、典侍がふいに言う。

「一年くらい前、輿入れしてまもない頃にあなたはご自身の見たい景色のことをおっしゃった。覚えていますか？　獅子《しし》や虎を見にいきたいと」

覚えている。

女の身でいける場所なんて限られている。自分の力で獅子や虎を狩りにいってみたいなんて言おうものなら、頭がおかしいと弾《はじ》かれる。無理なものは無理、と。

それでもいつかこの目でいろんな世界を見てみたいと、夢を見るようにして千古はつぶやいた。

絶対に鼻で嗤《わら》われるだろうと身構えた千古に、けれど、典侍は柔らかい声で告げたのだ。

「いまはまだ」と。「時機が来るのを待つのです」と。

千古が知恵と力をつけたなら、その「いつか」をつかみ取れるかもしれないとさらりと肯定してくれた。あのとき千古の目の前の世界の光の彩度が、一段、増した。少しだけ明るくなって、少しだけ軽やかになれた。

「あのときから私にも、見たい景色ができたのです。私の見たい景色は、あなたたちが変えていく新しい世界です。老いた私がつきあえる限り、ついていきとうございます」

「典侍は間違いなく私より長生きするように思いますが」

「そうですね。実は私も、二百歳くらいまでは生きる気がしてます」

「それは生き過ぎではないかな」

しかし典侍なら、生きそうで怖い。

典侍が真顔で続ける。

「あなたが思っていらっしゃるより、私は、あなたたちに期待しているんですよ。凝り固まったものを破壊して新しいものを作るのに、主上とあなたと掌侍《ないしのじょう》は向いていそうですもの」

その言葉に、千古の肌かぶわっと粟立《あわだ》った。

そっけない口調で、とても大きなことを平気で告げる。やれるはずだと決めつけて、浮き立つ言い方をしてくれる。典侍はいつもこうだ。

「成子も込みなんだ……」

「ええ。当然です。それに、掌侍だけではなく、私含めて登花殿の女官みんなが姫さまのお側を支えておりますよ。なんでしたら秋長も好きに使ってやってください」

「自分の息子を手軽に差しださないでよ。秋長にも秋長の都合があるんだろうから」

そうしたら、典侍が口元に薄い笑みを乗せた。

「そうは言っても秋長は私の息子です。自分の好きなようにしているだけでしょう。都合があわなければ誰の言うことも聞きますまい」

なるほどと思う。たしかに秋長は、そういうところがある。

「……そうね」

そんな会話をかわすふたりの前で——車寄せの妻戸が開かれると、小袿《こうちぎ》を身につけた明子が牛車から降りて、おっとりと姿を現した。

しずしずと明子の手を支え降りるのを手伝っているのは、女官の式部である。

正后自らの出迎えに、式部が目を見開き慌てて背後の明子を振り向いた。明子もまた千古の姿を認め、できる限りの急ぎ足でこちらへとやって来る。急いでしまうあたりが、明子らしい。姫というものは本来どんなときも慌ててはならないものである。蛍火《ほたるび》や星宿《ほしやど》ならこういう際にも「姫」として、急ぐ姿勢を見せないだろう。千古だったら「姫」であることをすっ飛ばし「人として」と思い、間違いなく走る。人として、他人を待たせてゆっくりしているのは悪いような気がするし、早いにこしたことはないと思うから。

でも、見事なくらいその真ん中を貫くのが、明子だった。

姫であって、かつ、人である。

それは同時に、姫としても半端、人としても半端とも取れなくもない。

「わざわざ姫さまがいらしてくださるとは」

恐縮する明子の手を取って、千古はゆったりと彼女を廂の間へと導いた。

「日も暮れて、いちばん星が空に灯《とも》りましたね。今宵《こよい》の月は美しいので、庭の様子を眺めようと思っていたついでです。廂の間にいらしてください」

拒絶させせない言い方をして、典侍と共に廂の間に向かう。上の格子は開かれて、火鉢と円座と几帳《きちょう》が用意されている。灯台も運び込まれ、灯された焔《ほのお》がゆらゆらと揺れていた。千古愛用の狸の毛皮も床にそっと置いてある。ひとつ頼めば、みっつもよっつも用意してくれている。さすが成子だ。

千古が座ると、明子も座った。狸の毛皮を明子に勧めてみたが「いえ、大丈夫です」と丁寧に断られた。大丈夫ってなんだと思ったが、それならそれで遠慮なくと、千古は毛皮を膝《ひざ》がけにする。

典侍が風避《よ》けもかねて、てきぱきと几帳を配置して、千古の背後にすっと腰を下ろす。

月を見ようと言い訳をしたから、見るともなく空を見上げる。

うす墨をさらさらと筆で押し広げたような雲が空を覆う——朧月《おぼろづき》の夜であった。

「あの……正后さまの具合がお悪くなってもう五日ほど内裏にいらっしゃらないと聞いて、心配でいてもたってもいられずにお見舞いに参りました。起きていらしても平気なのですか？」

袖《そで》で口元を覆い、そうと告げる明子姫の小袿は、薄様色目の坪菫《つぼすみれ》である。

千古は、近くでじっくりと明子を見て、わずかに眉《まゆ》を顰《ひそ》めた。

なぜならば——千古の装束と明子の装束の色合わせが、見事なくらいにかぶっているからだ。いま千古が着ているのは明子が作って贈ってくれたものだから、いくらなんでもお揃いになるというのはおかしいとは思うのだけれど。

しかし、明子が取りだした扇を見て千古はその考えをあらためた。

扇もまた千古に贈りつけたものとお揃いだったからだ。もしかしたら髪飾りもよく見たらお揃いなのかもしれない。

どうやら明子は、あえてお揃いのものを作り、見繕い、贈って寄越したのだ……。

そして千古とお揃いの出《い》で立ちで堂々と千古を訪れたのだ。

——どういう意図なの、これ!?

「なんでしたら寝所で横になってくださってもいいのですよ。明子はそれでも気にしません」

明子が優しげにそう言った。内心の動揺を押し隠し、千古は明子に答える。

「ありがとう。でも、どこがどうという病ではなく、些細《ささい》な気煩いですから、平気ですよ。我が儘《まま》を申し上げて内裏を下がらせていただいたの。いらしてくださってよかったわ。気が紛れます」

「そうですか……。それは、やはり……藤壺《ふじつぼ》に新しい姫がお輿入れされる噂のせいですか？　更衣の身分で藤壺にいらっしゃるそうですが……」

明子が小声になってそう告げた。

「え？」

初耳である。

藤壺とは内裏にある五舎のうちのひとつ——飛香舎《ひぎょうしゃ》のことだ。庭にしつらえた藤棚が見事なことから藤壺とも呼ばれている。

空いているのだから、誰かが入ってきても別にかまわない。

かまわないが——。

「主上のご寵愛《ちょうあい》を一身に受けていらっしゃる正后さまですら、お悩みになるものなのですね。明子もなのです。この噂を聞いたときから、いてもたってもいられなくなってしまって——。主上のような麗しいお方のもとに嫁げただけで充分だと己を戒めてみても、気持ちがふさいでしまいます。伺ってもいいですか？　正后さまは、どうやって、新しい姫たちの輿入れをご自身に納得させていらしたのでしょう？」

明子が涙目になって千古に尋ねた。

「……どうやって、と言われても……」

断定しないで曖昧《あいまい》なことをつぶやいて遠い目をしたら、だいたいの人間は勝手に千古の感情を推察してくれる。

「も……申し訳ございません。私の立場でこのようなことを尋ねるなんて、無礼で、心のないことですよね……。私も後から輿入れした姫ですのに」

「いいえ」

「正后さまはお優しくていらっしゃるから、私のようなものにも配慮をされて声をかけてくださいます。それがどれほど明子を勇気づけたか……。嫉妬《しっと》も見せず、他の姫たちを気にかけてくださる。私も正后さまのような慈愛に溢《あふ》れた女性になりとうございます」

いきなり明子が謝罪してつらつらと語りだす。その反応も千古には斜め下の話すぎて、目を丸くして見返した。

「私はあなたがおっしゃるような善女ではないわ。それより、お化粧が剝《は》げてしまいましてよ？　そういえば最近は身体の調子は大丈夫？」

千古は明子の側ににじり寄り、目元に溜《た》まった涙を袖の先で拭《ぬぐ》った。

「いただいたお茶のおかげですっかり……。あ、帝《みかど》さまには私の病のことは内緒にしてくださってますか？」

「大丈夫。話してないわ」

笑って応じると安堵《あんど》したように、ほうっと息を漏らす。ころころと表情が変わり、気持ちもすぐに切り替わるのが明子の長所で、愛らしいところだ。

「そうでした。あの薬草のお茶も欲しくて伺ったのです。おかげで身体の調子もとてもよくなりました」

「そう？　どれくらい必要かしらね。ドクダミはともかくセンナのほうはあまり手持ちがなくて……」

「それは申し訳ございません。ですが、センナでしたか？　あちらのほうは、あるだけすべてをいただけましたら嬉《うれ》しゅうございます」

「え？　あるだけ？　それは多いのではなくて？」

「もちろん内 薬 司《うちのくすりのつかさ》にお願いすれば処方してくださることはわかっております。ですが……恥ずかしいのです。センナをお願いしたら、きっとあっというまに、いろんな人たちが私が恥ずかしい病を持っていることを噂するんだわ。宣耀殿《せんようでん》の女官たちが笑われてしまいます……」

便秘ってそこまで恥ずかしい病気だろうかとのけぞりかけるが——明子だからそこは仕

方ないのかもしれない。千古とは違う感性の姫だ。噂に敏感で、ひと目を気にかけている彼女の様子がかわいそうだとも思う。

「わかったわ。あるだけのものをお渡ししましょう。でも飲み過ぎに注意してくださいね。あれは効き過ぎることがあるから」

「はい。教えてくださった分量でいつも飲んでおります。大丈夫ですわ」

千古は典侍《ないしのすけ》に「ドクダミのお茶とセンナをすべてこちらに用意してもらえるかしら」と告げる。「かしこまりました」と典侍が塗籠《ぬりごめ》へと向かった。

「ところで……その、藤壺の入内《じゅだい》のお話を詳しく教えていただいてもよくて？　どちらの家の姫なのかしら？」

千古が話をもとに戻すと、明子が身を乗りだして勢い込んで語りはじめた。

「やっぱり気になりますよね？　わかりました。明子が知っていること、すべてお伝えしますね。それが正后さまのお役に立つのでしたら喜んで。もちろん正后さまへのご寵愛は揺らぐことはございませんけれども!!」

「……いや、そこまでは」

怯《ひる》む千古だったが、明子は真剣な顔でうなずき返して、目をきらきらとさせて千古に詰め寄ってきた。

「此度《こたび》の輿入《こしい》れは暁でも、宵《よい》でもなくて——四家ではない姫がいらっしゃるのだそうですよ」

「貴族ではないということ？」

「そうなんです!!　水薦苅《みこもかる》……の」

そこで息継ぎをして溜めを作るので、千古はじっと明子を見つめる。

水薦苅は万葉集《まんようしゅう》で用いられた信濃の国の枕詞だ。つまり、信濃がらみかと思う。鬼の都も信濃にあると聞いた。

はたして同じ地から藤壺に輿入れの話が来ているのだとしたら、それは偶然だろうか。

それとも？

「信濃ってことよね。で？」

うながすと明子はさらに前のめりになって、続ける。

「その水薦苅の信濃の……武士の娘だとかで源氏《げんじ》武士なんだそうですよ」

「源氏武士……の娘？」

けっこう微妙なところをついてきたなと、正直、思った。

帝を頂点に据えた法治国家の形をとってはいるものの、貴族たちの視点はいまのところ都の周辺にしか向いておらず、地方にまで目が行き届くかというと難しい。

おかげで地方は荒れていて——しかし逆にいえば、地方の受領《ずりょう》を拝命すると、中央の監視から逃れて好き放題なことができるという欠陥が昨今は浮かびあがってきている。豊かな土地で役職につくと、中央の目を逃れてこっそり中抜きをして、財を蓄えられるのだ。

そしていつしか、蔵を潤わせて私腹を肥やす地方の受領たちは、自分たちの財を守るために武装集団を雇い入れた。

もともと辺境の地では防人《さきもり》を置き、異国からの襲来に備えていた。辺境や、鄙《ひな》の地ほど、武に巧みな者たちは己の力ひとつでのし上がろうと足搔《あが》いてきた。

受領たちに私費を投じて雇い入れられた武に秀でた者たちの精鋭軍――それが鄙の地で台頭をはじめた武士たちである。

――受領の任期が切れても都には戻らず、鄙の地に残って、武士と手を組んで領地を拡大していっている者たちもいると聞いたことがある。

武士集団で名を轟《とどろ》かせているのは――東国は源氏、西国は平氏《へいし》。それぞれにかつて皇族が臣下に下った際に名乗る氏である。

鄙の地に根を張ったとはいえ、流れを辿《たど》れば貴族にいきつく。

――内裏に輿入れできないわけではない筋よね。

千古にはまったく思いつかなかったが、それはそれでありなのではと、内心で、舌を巻いた。いまの内裏の貴族たちの権力争いとは別の地点に立っていて、かつ、実力があり、帝の後ろ盾になり得る家との婚姻である。

しかも四殿ではなく五舎に、更衣として引き入れるのなら、四家への言い訳も立つ。現状、誰も東宮をお産みになっていないのだから、帝の御子《みこ》に恵まれるために内裏に別の姫君を入れる必要性があるし、更衣ならば立場も下だ。ここは、受け入れる度量を四家の姫が見せなくてはならない。

——後宮なのですもの。

後宮において、女たちは皆、帝の子を産むためだけの道具で、器。

誰が考えだしたにしろ、その人物はなかなかの切れ者かつ、後宮というものの本質をきちんとついている。

「はい。ここのところは都もさらに物騒になり、貴族たちも、名のある武士を雇い入れて屋敷の警備に当たらせております」

「うちのところも、そうしているわ」

「ですが、たとえ源氏を名乗っていたとしても——田舎の信濃で育ってきた姫さまということですもの。正后さまとは比べものになりはしません。主上の寵愛を正后さまが失うことなどあるはずがないですわ。そこは安心してくださいませ。心配なのは明子です……。主上から顧みられることのないまま、内裏で朽ちていくしかないのでしょうね……」

一瞬だけ、薄暗い感情が過《よ》ぎる。今上帝が東宮を作らない限り、内裏で朽ちていくしかないのは、どの姫も、同じだ。そして帝は当面、東宮を作ることはしないだろう。

「でも……私はそういう仕打ちを受けるのには慣れておりますから。私のようなものが内裏に入れただけで僥倖《ぎょうこう》。明子は身の程を知っているのです」

返す言葉を選べないまま沈黙する千古に、明子がけなげに笑ってみせた。

「あの……ちょっと寒くないですか？　正后さまのお加減が心配です」

明子が上目遣いでそう言った。たしかに廂《ひさし》の間は、まだ寒い。

「ありがとう。そうですね。明子さまも病み上がりですものね――。そろそろ宣耀殿にお帰りなさいませ」

「いえ。あの……なかでもう少しお話を」

「あなたになにかがあったら主上に怒られてしまいますわ。暁上大臣《きょうじょうのおとど》と暁下大臣《きょうかのおとど》にも怒られてしまうでしょうね。どうぞお帰りになってゆっくり養生してください。私も私で、今宵《こよい》は、早く床につこうと思います」

手早く動いて、相手の言葉を封じるしかないと踏んで強めに言うと、千古より先に典侍が反応し立ち上がった。

「宣耀殿の従者に明子姫さまのお帰りをお伝えして参ります」

返事は聞かずさっと動く典侍の背中を見送り、

「あ……はい」

しぶしぶといったふうに明子も立ち上がった。

その夜、明子は――帝が一条を訪問したのかどうかを一度も尋ねなかった。ほのかに残る香りについても聞かれることがなく、千古は、明子に嘘をつかずにすんだのであった。

※

そして、宣耀殿の明子のもとに帝が足を運んだのは、里下がりをした正后のもとに明子が赴いた翌日のことである。

甘い匂いを放つ梅の枝に結ばれた帝の文が宣耀殿に届いたそのとき、明子は、またも臥《ふ》せっていた。

原因は、正后に言い聞かされたセンナ茶の量を勝手に増やしてしまったせいだ。今朝は、きりきりと痛む腹を抱え、白湯《さゆ》を飲んで凌《しの》いでいた。半日を寝て過ごしたおかげで、いまはどうにか苦痛を堪《こら》えられるようになっている。

横たわる明子の傍らには紐《ひも》でつながれた猫がいる。墨で塗りつぶしたかのような漆黒の体軀《たいく》の唐猫だ。猫が欲しいと請うた明子に、暁上大臣がわざわざ手を尽くして取り寄せてくれた高級な猫であった。

これが野性が過ぎる猫で、縛る紐をすり抜けて逃げてあちこちで狩りをし、虫や鼠を持ち帰る。見せびらかして誉《ほ》めてもらう気満々のようだが、気持ちが悪くて仕方ない。

「姫さま、主上がこちらにお渡りくださると——いま文をいただきました」

女官の式部がそう声をかけ、御帳台《みちょうだい》の布をそっと捲《まく》る。

明子は、馥郁《ふくいく》たる香りにつられ、身体を起こした。

「まあ……主上からの文なの？　嬉しい」

式部が梅の枝ごと明子に手渡す。結ばれた文を解《ほど》いてみる。帝からの文はいつも通りにそっけのないものだった。たったひとこと「見舞いにいく」と書かれている。

恋の歌などをつけ足してくれれば風情もあるのだけれど、今上帝はそういったことを苦手としている。あるいは、明子には歌を詠む気はないのかもしれない。

「どうされますか？　臥しておりますとお断りを……？」

女官がひそっと聞いてきた。

「いえいえ。前のときよりはずっと楽になってますもの。正后さまにいただいたお薬のおかげです。いま、お返事を書くので文使いの者に待ってもらってくれる？」

「もちろんです」

明子は女官に言いつけて墨を摩《す》らせ、なにを書こうかと案を練る。そっけない文に対して、詰《なじ》るような女心を匂わせてみてもいいだろうか。いや、帝はそういうのは苦手な気がする。では、正后のような聡明《そうめい》さを醸しだしてみるべきか。

たとえば和歌を？　梅にからめた恋の歌を？

明子があれこれと考えているあいだ、ずっと、女官が墨を摩っている。渡来の品で、艶《つや》のある黒に惚《ほ》れ惚れとしてしまうような高級な墨である。

「もう、そんなに時間をかけて墨を摩ってどうするというの？　返事を出す前に帝《みかど》さまの気が変わるかもしれないわ。登花殿の女官たちならもっと手早く物事をしてくれるわよ？それに千古さまだったらすぐに気の利いた返しの文をお渡しになる……。私はなにを書けばいいか、誰か思いついたなら教えて。ああ、どうしましょう。早くしてちょうだいな。早く、早く」

明子は、なにも思いつかない自分に苛立《いらだ》ち、女官にそうせっついてしまう。

――千古さまだったら、なんて？

帝に想ってもらうためにと願う気持ちが強すぎて、いつのまにか明子は、正后がなにを考え、どう振る舞うかを考え、自分が同じくなぞって、千古の模倣をすることに熱心になっていた。

猫を飼うことにしたのも、そのせいだ。

千古のところには自由気ままな猫の命婦《みょうぶ》がいる。ぼてりと太ったあの猫は、帝にもことのほか可愛がられていて、そのせいもあって後宮では一時期、皆がこぞって猫を飼ったのだとか。

明子が輿入れしてきたときには、他の部屋の猫たちはもう見向きもされなくなっていたから、千古の贔屓《ひいき》が猫のせいではないのだろうとわかっていても――明子は自分の猫が欲しくなった。できるなら命婦のように肉付きのいい、太った、白黒の模様の猫が欲しかった。

――でも、大臣が連れてきたのはこんな黒い細い猫。

小さくて細身で漆黒の毛並みで金色の目をした黒猫は、上品で気位が高くて美しい。こちらのほうがよほどいいだろうと大臣は自慢げに言ったが、明子はそれがひどく不満だった。普通な自分のもとに持ち込まれた、高価で美形な黒猫を、明子はどうにも愛せそうにない。細い声で、にーにーとしきりに訴えてくるが、撫《な》でても落ち着くことがなく、忌々《いまいま》しげに己をつなぐ紐に噛《か》みつく敏捷《びんしょう》な猫を、明子はもてあましているのだった。

「式部がかわりになにか書いてよ。あなたは後宮のみんなが夢中になる草紙を書いているじゃない。文才があるのでしょう？　それだから私はあなたを取りたてたのよ」

「ですが主上の文に代筆のお返事なんて。やはり姫さまのご自身のお言葉じゃないと」

式部が慌てたようにしてそう言った。

明子は気落ちして、うなだれる。

「無理よ。私は凡庸な女なのよ……？」

そう。明子は凡庸な女なのだ。

高貴な生まれの姫だとしても「あれじゃあね……」と、誰もが陰で明子をあざ笑う――そういう女として過ごしてきた。

あの程度。

特に秀でたところもないし、大事に育てられたというだけの、美しくもない姫の末路はたかが知れているわと、みんなが言っていた陰口を明子はずっと覚えている。

後見人の親が儚《はかな》くなったらそこで終わり。

――だから私は宣耀殿で帝のご寵愛《ちょうあい》を受けなくてはならないの。

凡庸な女の明子がやっと手にした幸福なのだ。手放してなるものか。

「正后さまだったら、きっとこう書くのでしょうね」

明子は、つぶやき、さらさらと筆を走らせた。

入内《じゅだい》してから、他のどの姫でもなく、正后に物事を教わるようにしてきていた。

なにかあったら正后を頼った。人あしらいの方法や、ふとしたときの仕草や言葉――すべてを自分のなかに少しずつ溜《た》め込んでいる。

『お待ちしてます』

味もそっけもない気持ちそのままを剝《む》きだしで書ききる。愛らしさも、美しさも、遊び心もなにもない。うすようの紙が明子の筆致で汚れてしまったようにも思うが、きっと帝はどんな紙であっても気にもとめない。

「あの……」

式部がぎょっとしたように紙と、明子とを見比べた。

「これでいいの」

筆を置き、明子はつっけんどんに文を渡した。乾くのを待つことなく畳んで渡し、梅の枝だけは大事に手元に引き寄せる。

――それでもこの梅は、私のために選んでくださったものだ。

「この花を、活《い》けて、飾ってちょうだい。いい匂いがするもの」

香りと共に帝が来るのを臥して待とう。

明子は女官たちに背を向け、奥へと膝行《いざ》った。

楼閣から遠く、時刻を知らせる太鼓の音が響く。

返事を預けて一辰刻《しんこく》後、帝が宣耀殿にやって来る。

午後のひととき――まだ夕暮れも遠い。

侍従の惟親《これちか》は廂の間で、帝から少し離れて座っている。せめて帝がひとりで訪れて、明子とふたりきりで語りあおうとしてくださったならと、明子は嘆息を漏らした。

立てかけた几帳《きちょう》に隠れ、脇息《きょうそく》にもたれて座った明子は、黙って帝の様子を探っている。帝以外にも男性がいると知っていたら、昼の御座の御簾《みす》の奥でじっと息を潜めていたのに。

帝の側にいる役職づきの男たちにもそれぞれに後ろ盾がある。惟親は宵《よい》の下家《しもけ》の男だから、きっと暁《あかつき》の上家《かみけ》から輿入《こしい》れした明子と帝とをふたりきりにさせてはなるまいと、無理に帝についてきたのだろう。

しかし誰がどんな思惑でというのは、明子にはどうでもいいことだった。重要なのは、帝はそれを断らなかったということだけだ。

帝は明子とふたりきりになろうとしなかった——。

明子は膝上《ひざうえ》に紐につないだ黒猫を抱く。明子は別に猫を好きではないが、帝は猫が好きだと聞いているから。

「加減が悪いと聞いている。俺にできることがなにかあるか？」

帝が言った。

「もったいないお言葉でございます。こうやって見舞いの言葉をいただけるだけで明子は幸せでございます。身体のほうはおかげさまで正后さまにいただいた薬で起き上がれるようになりました。正后さまにはいつもよくしていただいて……」

姫らしくなよやかに答えると、帝が首を傾げて立ち上がり、すたすたと几帳の側まで近づいてくる。身動きする度に、爽《さわ》やかな甘い香りがふわりと鼻腔《びこう》をくすぐる。すっとするような潔い香りは、なるほど帝によく似合う。

「あ……の？　主上……いったい」

たじろいだが、まさか逃げるわけにもいかない。帝は几帳の奥までは立ち入ることなく、手前でぴたりと止まり綺麗《きれい》な所作ですっと座った。

「悪い。声がよく聞こえなかった。具合の悪いおまえに無理はされられない。俺が近づくのが手っ取り早い」

膝の上の猫がぱっと目を見開いた。にーにーと訴えるように鋭く鳴く猫に「これ……静かに」と訴える。が、猫は猫だから、言うことをきかない。

「猫がいるのか？」

「はい。──大臣が私のために連れてきてくださった、唐猫でございます。黒い猫で」

動揺し慌てて答えた。そういえば帝は、明子の部屋で猫を飼いだしたことをまだ知らない。猫が来てから、訪れがなかったのだから。

「あ──」

猫が膝からぱっと飛び降りた。猫の首にゆるく巻いていた紐がするりと抜けた。止めるものがなくなり、勢いよく駆けだした猫が几帳をよじのぼろうとする。慌てて猫へと手をのばしたが、猫の動きのほうが明子よりずっと素早い。

がたりと大きな音をさせて几帳が傾いだ。帳《とばり》の布がはらりと捲《めく》れると、帝の顔が思いのほかすぐ目の前にあり、明子は驚いて後ずさる。

猫はそのまま何処《どこ》かへと走り去る。

立てかけた几帳や障子をひょいひょいとくぐり抜け、遠いところで「あれや」「猫が」「そこの格子が開いているわ。また外に出てしまう」「またなにか狩ってくるんじゃないの。鼠とか」と女官たちが騒いでいるのを、明子は、身を竦《すく》ませて聞いていた。

「そういえば、そうだった。宣耀殿の新しい猫に、女蔵人《にょくろうど》の位を授けた記憶がある。大臣が何卒《なにとぞ》と頼みに来たのだ。犬も猫も鳥ですら内裏に入れるには地位が必要。俺が位を授けねばならぬ」

「はい……」

それでは帝は、明子が猫を飼いだしたことを知っていてくれたのか。知っていたが、見に来てくれることはなかったのか。

帝がそう言いながらわずかに身体を斜めにひねる。おそらくそれは惟親の目から明子を隠してくれようとしたのだと少したってから気づき、胸の奥が、とくんと鳴った。

「綺麗な毛並みの元気のいい猫だな。ああやって走りまわれるのは、いい猫だ。まだ寒いが、それでも昼ならば、外に出るのも心地よかろう」

「はい」

「気を利かせて、猫なりに、蔵人の仕事をしにいったのだろう。いずれ戻ってくる。心配はせずともよい」

「はい」

大きな手が、捲れた帳と、位置がずれてしまった几帳を元に戻す。明子の姿が他の男性に見られることを気にかけてくれたのだとわかっていても、帝の顔が隠れてしまったのがなんだか寂しくなる。

「その装束は」

ふいに部屋の隅で惟親が言った。

帝が相手なら声も聞かせるが、その侍従の惟親を相手に返事をする必要はない。だから明子は口を開かず、視線だけを声がしたほうへと向けた。気が利かない男だと感じ、むっと口を閉じる。几帳のこちら側で明子がどんな表情を浮かべているかは、惟親には見えないはずだ。

「坪菫《つぼすみれ》ですね。暁上姫《きようじようひめ》さまも坪菫の着こなしをされていらっしゃる。正后さまが着ていらしたものとよく似ている、舶来の正絹ですね。同じ色の襲《かさね》であっても、人それぞれで微妙に感じが変わるものですけれど、正后さまと暁上姫さまの襲はまったく同じに見えるなあ。不思議なものだ。そういえば暁上姫さまは入内のときも、正后さまと同じ色合わせの装束でいらしたような？」

惟親がゆったりと言った。

「ふうん」

帝《みかど》は興味なげに受け流す。

「お恥ずかしい限りです。同じものを着ていると明子のみすぼらしさが浮き上がってしまいますね」

帝にだけ聞こえる程度に声を小さくして、つぶやく。

お揃いなのは、指摘の通りだ。明子が千古にこれまで贈り届けたものは、どれも、明子とお揃いにあつらえていたものだった。すべての装束。すべての扇。すべての髪飾り。なにもかもだ。

ただし、明子は自分のものは、正后より少しだけ格下の布を使っている。それであれば、正后に張り合うような失礼にはならないはずだ。勝手に憧《あこが》れて、勝手に同じ装束を着ている。しかも微妙に自分のほうが格が落ちるような品物を調えている。

明子は、感謝の気持ちを正后に伝えているだけだ。

「ですが……それでいいのです。私は千古さまにはなれません。どこまでいっても格下の姫なのです。わかっております。これといって抜きんでたところがないのが私。充分にわかっているのです」

帝からの答えがないまま、明子はそう続ける。

「たしかにおまえは正后のようにはなれないが、おまえにはおまえの良さがあるだろう」

帝が言った。

――私の良さって？

昔から明子は大人たちにそう言われてきた。

これといって特別なものがないなりに、明子には明子なりの良さがあるのだと。それはなんでしょうと素直に問いかけても、大人たちは明子が納得するような答えをくれたことは一度としてなかった。

お腹がきゅるきゅると鳴って、鈍痛がする。こんなときに限って部屋はしんとして、惟親もなにも話さない。おかげで明子の腹の音が妙に大きくあたりに響いた。羞恥《しゅうち》に頰を染め、うつむく。

自分のなにもかもが、田舎じみて、ちっとも雅《みやび》やかではない。美しくもない。

明子と帝のあいだにもしも恋がはじまるとしても、それを誰かが草紙にして語り継ぐことはないだろう。滑稽《こっけい》な話として、道化な姫として扱われることはあっても、自分は主役にはなれない。

わかり過ぎるくらい、明子自身がそれを知っている。

「申し訳ございません。具合が悪くなりました。塗籠《ぬりごめ》でひとりで静かに過ごしたいのですが、よろしいでしょうか。正后さまにお薬はいただいたのですが……それでも治りきっていないようです」

恥ずかしさといたたまれなさに泣きそうになって、明子は告げる。

「そうか。つらいところを悪かった」

「いえ。お気持ち、とてもありがたく思います」

帝が立ち上がり、来たときと同じに惟親を伴って去っていった。

※

内裏の女官や下働きの者たちがあれこれと千古と明子の出で立《い》ちについて雀のごとく囀《さえず》りだしたのは、それからだ——。

「宣耀殿の姫さま、最近、体調が悪いんですってね。正后さまにもらった薬草のお茶が原因かもしれないって女官たちが慌てているんですって。だけど明子姫さまは気の良いお方だから、絶対にそんなことはないって言って、正后さまをかばうんだから嫌になっちゃうって、女官があきれ果ててたわ」

「へえ〜。それ聞いて思いだした。惟親さまがおっしゃってたんだけど、登花殿の正后さまは、嫌みな方だねって」

「嫌みって、なにが？」

「ここのところずーっと宣耀殿の姫と同じ色襲《いろがさ》ねの十二単衣《ひとえ》を着ていらっしゃる。しかもいつも微妙に登花殿のほうが高価なものを身につけているのよ。あれでは比べてみなさいと挑発しているようなものじゃないのかなって」

ああ、それは私も思っていたのよと女官のひとりが同意する。

別の誰かが「でもね」と正后の肩を持つ。

「話によると、あれって宣耀殿の明子さまがわざわざ同じものをあつらえて贈っていらっしゃるらしいわよ。だから正后さまはどうしようもないのではなくて？」

「あら、だからこそよ。そんなの一度でも着てくださったら、立場としては、格下の宣耀殿の姫は〝着てくれてありがとうございます〟って、さらに何度も贈らなくちゃならなくなるじゃないの。話によると、しょっちゅうその衣装で宣耀殿の姫と顔を合わせているんでしょう？　だったらお揃いを贈らないとならないって宣耀殿だって思うじゃないの。だって相手は正后なのよ？」

「まあ……そうね。そうかもね」

女官たちの囀りは、下働きの雑仕女たちの耳にも届く。

「自分のほうが安物で、同じ見た目の装束ってつらくないのかねぇ。言っちゃなんだけど明子さまは別に美しいお方じゃないし」

「……しっ。失礼よ」

「本当だもの仕方ない。ついでに言えば正后さまだって美しくはないじゃない。麗景殿《れいけいでん》は誰が見たって麗しい姫さまで、弘徽殿《こきでん》は匂うような色香を誇る艶《あでやか》花の姫――。だけどさ、宣耀殿と登花殿は普通よ、普通。あたしたちみたいな格好して下働きしててもおかしくないっていうかさあ」

「そうね」

「普通同士なのに、衣装を揃えて、自分だけ高いものを着て顔を合わせて過ごすなんて――嫌な女じゃないの。以前の登花殿はそんな方じゃなかったように思うけど、ほら、帝さまのご寵愛《ちょうあい》を受けて、お高くとまって、自惚《うぬぼ》れちゃったんじゃないかしら？」

「あら、嫌な女だねぇ」

「けどさ……それでこそ後宮っていう感じよね」

くすくすと顔を見合わせ、雑仕女たちが笑っていた。


宣耀殿の女御《にょうご》は今日もまた、千古へと贈るための装束を縫っている。女官たちを侍《はべ》らせて色とりどりの布を広げ、色を決め、揃えた装束は蘇芳《すおう》の匂いである。

明子は仕上がった装束をうっとりと見つめ、つぶやいた。

「正后さまは蘇芳をあまり着られないようですが……絶対にお似合いになるのだからもったいないと思うのよ」

もちろん自分にもまた同じ匂い襲を用意している。

女官たちがこそこそと互いに膝《ひざ》をつきあわせ、

「ここのところ、正后さまと明子さまとのあいだでの装束のお噂が……」

「それは私も聞きました。下働きの者たちも口さがないことを」

と囁《ささや》いている。

「誰か明子さまにひとことお伝えさしあげたら？」

「でも……明子さまは感謝のお気持ちで贈り物をしていらっしゃるのに。あなたそんな残酷なこと、言える？」

「それは……」

ひそめた声でかわす会話は、明子が近づくと、途切れて終わる。

明子は女官たちになにも言わない。

女官たちも明子になにも言わない。

もちろんその噂は明子の耳にも届いている。当たり前だ。明子はとても凡庸で、つまらない、後宮の女なのだ。暁の上家に見込まれて、東宮を産むようにと送りだされた、ごくごく普通の姫なのである。女たちの噂に敏感でなければ、後宮の姫になどなれはしない。

贈った装束だけではなく、千古が自分で用意した装束を調べ、それと同じ襲色目の装束を明子用に縫って用意をはじめる。すべて——なにもかもを——正后にあわせて調えよう。

そして自分はうまくやる。取るに足らない自分だから、できることを、やり遂げてみせるのだ。

——ええ、私は凡庸な姫だわ。

明子の口元がうっすらと綻《ほころ》ぶ。

うつむいたその顔に、蠟燭《ろうそく》の灯火《ともしび》がゆらりと届く。

光の差し込む角度と揺らぎが彼女の表情に陰影を刻む。ひとつゆらぐと、笑っているように。さらにゆらめき、次には泣いているかのように。下から覗《のぞ》き込んでみれば、怒りに顔を歪《ゆが》めさせているように。

明子の横顔は、悲しいけれど、怖ろしい——すべての表情を含んだ、鬼女のごとき嫉妬《しっと》と恨みのこもる女の顔へと変化した。

黒猫はあれ以来、戻ってこない。

3

まだずっと幼い日――女は、海沿いの里で暮らしていた時期があった。

情愛の営みを教え、幼き女の身体を日々なだめて暮らした地位ある男が、どうしてそのときだけ女を遠ざけたのかを彼女は問わなかった。よくないことが起きたのだろう。それだけがわかれば、よかった。どうせ彼女にできることなど、なにひとつとしてない。

ふくらみかけたばかりの乳房の奥がときおり疼《うず》く。

女が「ここが痛い」と男に言うと、男女の差がまだない平らな胸が女のそれに育っていくしるしなのだと男が言い、柔らかく手を置いてあやしてくれた。

甘い心地が身体の奥まで伝わり、女は小さな吐息を零《こぼ》した。

そういう手ほどきだ。そういう関係だ。自分の親よりさらに年上のその男のことを、女は、好きか嫌いかもわからないまま、ただ慕った。

なにも知らなかったのだ。

それでも、これがいけないことだとだけはうっすらとわかっていたのだから——女もまた、同じ罪を背負っているのだと、男はたまに女を詰《なじ》る。

あなたがそんなふうに心を開くのがいけないのですよ。

あなたがあまりにあどけなくていらっしゃるから、教えなくてはならないと思っただけですよ。

——なにを？　なにを教えてくださるの？

男というものは幼い自分になにかを教えてくれるものなのだと、女は他愛なくそう信じ込んだ。いまにして思えば愚かなことだ。でも愚かではない子どもなんて、世の中にいるだろうか。

急ごしらえの屋敷ではあったが都のそれと同じに豪奢《ごうしゃ》な調度品が部屋を埋め、人形や貝合わせの遊び道具もたくさん運び込まれていた。

鄙《ひな》の地でしばし過ごす女の寂しさや心細さを紛らわせようという男の心遣いに女はきち

んと感謝した。

文は残るから当たり障りのないお礼だけを送り返し、なんの意味も含まないような結び文にして文使いにそれを託し——女は情けなさに、泣くのではなく薄く笑った。

「いまさら人形遊びをすると思っていらっしゃるの？」

あなたが、教えた。なにも知らなかった自分になにもかもを教えた。

私の身体の開き方を。柔らかく解《ほど》けていく悦《よろこ》びを。私はたやすくそれに夢中になってあなたの熱がないと夜を過ごせない。あなたはときには他の男と数人で私の身体をねじ曲げて、いそしんだ。何人もの男たちと共寝をした私が、こんな侘《わ》びしい住まいでひとり寝ができると思っているの？

そう思っているのなら、そうしてもよかろうと思った。

雛遊《ひなあそ》びをしようと女は思う。

女雛は自分だ。では男雛はどこにいるのか。

外聞のよろしくない事情で女はここに運び込まれたのだ。使用人の数からしてもそれが窺《うかが》える。あまりにも人が少ない。男は、女を遠くに隠し——隠したまま、たまに通って身体を解いていこうと決めたのだろう。

鄙の地の屋敷は、海に向かう崖《がけ》の上に建っていた。夜となく昼となく聞こえてくる不思議な低い音がなにかも、女は知らなかった。

ある日、土地の漁師の子どもが女の屋敷に忍んで訪れた。

夜更けだった。忍んでくる男というのは女にとっては「そういうこと」だから、女はあどけない気持ちで自分の寝所に男を導いた。

触れた肌が熱く、近づいて吸った唇は塩辛く、覗き込んだ双眸《そうぼう》は漆黒で、頬のあたりがひどく幼く若かった。

男というより少年――いや、まだ童子。相手はなにがなにやらわからないまま、幼い女に手ほどきをされ、熱を女のなかに放った。おそらく男にとってははじめての経験だったのだろう。

そういうつもりではなかったのに――と言ったけれど、どういうつもりでも同じことだ。

「あれはなんの音?」

しがみついて眠り、女が問いかける。

「音? 波の音のことか?」

「波……」

「知らないのか。おまえはなにも知らないんだな。じゃあ、明日《あした》は海に行こうか。昼に迎えにきてやるよ。海遊びをしよう」

「はい」

海遊び――それは楽しいものなのだろうか。

「本当は、ここには高い薬があるからって聞いて盗みにきたんだ」

汗ばんだ身体は女に触れられているあいだずっと火照っている。なかなか冷えない熱は、女の知る別の男とは違う。そうか。男たちもみなそれぞれに違うのかと女は思う。これは、女にとっての雛遊びだ。

生きている者同士の雛遊びが、どういう結末をもたらすものかを、女はまだ知らないでいた。だって誰もそれを教えてくれなかったから。男たちは女が、子をなせる身体になったのに気づいていなかったし――女もまた自分の身体が新たな命を芽吹くものだと気づいていなかった。

「じゃあ薬をあげるわ。誰かが病気なの？」

「母ちゃんが」

去り際に、男は懐から守り袋を取りだし、女へと渡した。

「なあに？」

「薬のお礼。他にお礼になりそうなものはなにもないから」

「いらない。お礼が欲しくて渡したわけじゃない」

そのときはそう言って――でも最終的にその守り袋は女の手に渡されたのだけれど。

これは――女が、まだ幼かった頃の、幼い同士が肌を温めた春の日の記憶である。

※

春の雨がしとどに空を濡《ぬ》らす夜の内裏。

呼ばれて出向いた弘徽殿《こきでん》の局の手前で、千古《ちふる》と、星宿《ほしやど》、そして明子《あきこ》の三人の女御《にょうご》が鉢合わせをして立ちすくんでいた。

千古は浅紅に黄色を重ねた花山吹の春の装いである。登花殿《とうかでん》の女官たちが腕によりをかけて見繕い、用意してくれた、いまの千古の肌によくあう装束だ。

裳裾《もすそ》を引いてゆったりと歩く。明子は、というと、蘇芳《すおう》に赤の樺桜《かばざくら》の装いだった。

ちなみにその装束も、まったく同じ襲《かさね》のものをすでに贈られている。着てこなくてよかったと、内心でほっと胸を撫《な》で下ろす千古だった。たくさんの女たちの集う場で、同じ色合わせの装束で対面してしまうなんていうのは、もうこりごりだ。

──だけど、つまりこれってわざとだよねえ？

どういう意図かは不明でも、明子が、千古とお揃いの装束にこだわっているのだけはたしかなようだ。

明子は千古の出《い》で立ちにさっと視線を走らせ「あの……」と悲しい顔で千古に話しかける。

「私のお贈りしました襲色目の装束は着てくださらないのですね……。趣味が悪うございましたか？」

なんでそんなことをここで言うかなと思う。他の姫や女官がいる、この渡廊で、面と向かっていきなりそれか。

星宿が剣呑《けんのん》に目を細め、ふたりの姿を交互に睨《にら》みつけた。

彼女はいまが盛りを誇る椿の花のような美姫《びき》である。何層にも色を重ねた紅から蘇芳のとりあわせを白でまとめた梅の花を思わせる十二単衣《ひとえ》姿がことのほか似合っている。

「いつまでここで立っているおつもりでしょう。私は風邪をひきたくないのですけれど？」

星宿が言う。

千古は「ごめんなさい」と謝罪し、明子は無言で怯《ひる》んだような伏し目になった。

「今日の花山吹は正后さまにしては良い趣味だと思いましてよ。特に、華やかさには欠けるところが、お似合いよ。正后さまらしいといえば、らしい色合わせね。明子さまの装いは……とても普通。でも普通のとりあわせがあなたご自身には一番じゃあない？　たとえば白に、紅をあわせた襲みたいに内側から光が零《こぼ》れるような艶《あで》やかな色なんて、私くらいに美しくなくては、見劣りがするもの」

星宿が、つんと顎《あご》をあげて言い放った。

——助かった。

これはこれで、彼女なりに精一杯誉《ほ》めてくれている。さらに、困惑した千古に対しての救いの手を差しだしてくれたのだ。星宿は、こういうねじれた優しさでしか本音を言えない。ある意味、そういうところが「星宿姫はとてもかわいらしいし、まっすぐだなあ」と千古は思っている。

「そうですね。蛍火《ほたるび》さまをお待たせしてはなりませんわ。ここで皆様とお会いできたのは、ようございました。雨も降っておりますし、さ、早く」

と、千古は星宿の助けに乗っかって、明子の質問をはぐらかした。

そのまま来客を見越して開いていたのだろう妻戸へと視線を向ける。

気配り上手の宰相の君が、さっと動いて妻戸を開け、弘徽殿の女官たちに声をかけた。先触れの者も出していたし、そろそろ千古が来ることを弘徽殿の女御は知っている。

「もぅし。正后さまがいらっしゃいました」

宰相の君が先をいき、千古はするするとその後をついて弘徽殿の間へと足を踏み入れた。

千古たちが入ると、そこは満開の花盛りであった。

大小の花瓶や壺《つぼ》が部屋のあちこちに据えられて、そこかしこに花の盛りの桜の枝が活《い》けられている。障子も几帳《きちよう》も春の色。見上げた梁《はり》のあいまにも枝が吊《つる》され、どこを向いても桜色の濃淡で彩られた春爛漫《はるらんまん》の景色。

広がっていたのは、絶佳たるこの世の春であった。

千古の到着に続き、宣耀殿《せんようでん》の明子姫――さらに麗景殿《れいけいでん》の星宿姫が、それぞれの女官たちを引き連れて入室し――千古同様に足を止めて絶句する。

絢爛《けんらん》たる光景にあっけにとられた千古だったが「いや、だけどまだ桜の花には早すぎる。いまやっと梅が咲きほころんでいる時期じゃないの」と首を傾げ、しげしげと側にあった桜の枝を眺める。

どこから見ても桜。だが、よく観察するとなにかがおかしい。

「……これは……作り物ですの？」

枝は本物。しかし花弁は細かな細工をほどこされた紙である。紙というものはとても高い。しかもこんなふうに桜の色で透かせた薄紙はどれほど高価なものかと思うと、目眩《めまい》がする。部屋を埋め尽くすほどの偽の桜の花を職人たちに作らせて、部屋を彩り、後宮の他の姫たちを呼び寄せた。なんともあっぱれな見栄《みえ》の張り方だ。

つぶやいた千古の声に、

「あら、すぐに見破られてしまいましたわね。そのとおりでございます。さすがは登花殿の女御さまですこと」

と、この部屋の主《あるじ》である蛍火がゆったりと几帳の陰から姿を現し、微笑んだ。

そして――。

桜の花にあっけにとられた千古は、今度は、蛍火の姿に仰天して絶句してしまった。

「蛍火さま……？　で、いらっしゃいますわよね」

「はい」

艶然《えんぜん》と笑う蛍火の美しさは、常のものだ。

けれど彼女の今日の出で立ちは、烏帽子《えぼし》こそかぶっていないが水干《すいかん》姿の男装であった。

やっと束ね髪ができるくらいの長さとなった髪を水色の紐《ひも》で後ろでひとつにまとめ、下袴《したばかま》を蹴《け》り上げるようにして近づいてくる。蛍火が常用している焚《た》き物の、蠱惑《こわく》的な甘い香りがふわりと立ちのぼる。

男の格好をしてみせても、蛍火はどこをどう見ても男性には見えない。かといって女性が変装をしているようにも見えないのが不思議だった。あえていうなら、臈長《ろうた》けて知恵のついた寺稚児に見える。

だいたい、ただ普通に歩いて近づいてくるというそれだけで、色っぽいとはどういうことだ。

絹であつらえた水干の蒼《あお》と白を、ここまで妙に艶《なま》めかしく着こなしていることに千古は感心してしまう。

「弘徽殿の女たちの浮かれた遊びですが、登花殿の女御さまにも楽しんでいただければ嬉《うれ》しゅうございます。この部屋の桜も、この私《わたくし》も」

と、そこまで言って蛍火はゆったりと座り、千古に平伏する。下から掬《すく》い上げるように見つめ、にっと笑って続ける。その唇は、あやしく赤い。目元にも赤い色をうっすらと施した化粧は、凛《りん》としているのに、やはりどうしたって艶めかしいのである。

「すべて偽物。偽物の桜と偽物の男で春を尽くして遊んでおりましたの。でもね、こういうのが好きな男性もいらっしゃるのよ。いつも同じに美しいだけじゃ、飽きてしまうわ」

「そ……そんな遊び女のような出で立ちをされるなんて……最低ですわね」

呆気《あっけ》にとられていた星宿が、吐き捨てる。彼女は潔癖なのだ。

蛍火は立ち上がり、星宿へと近づく。そして、その手を取って引き寄せ顔を覗《のぞ》き込む。

いきなり抱きしめられた星宿は目を見開き、固まった。

「なっ……」

「星宿さまは、ここに来るまでのあいだに、どこを辿《たど》っていらしたのかしら。梅の花びらをそこかしこに貼りつけて、なんていじらしく可憐《かれん》な姫なのでしょうね。雨の夜にあなたを濡らしてしまうつもりはなかったのよ？　かわいらしい人。——そのままでも素敵ですけれど、花びらを取ってさしあげましょう。男の姿をした私ですが——中身は女。気後れせずに、私に花びらを摘ませてくださいな」

ここと、それに、ここ。

星宿の髪や、肩に貼りついた梅の花を白い指先で摘《つま》み上げ、そっと床にはらって落とす。

「背中にも」

と言うと、抱きしめて背に手をのばし、耳元に唇を寄せて、笑いながら星宿の背の花弁をはらった。離れてそうしてもかまわないのだろうに、執拗《しつよう》に身体を近づけて、抱擁しているあたり、わざとなのだろう。

星宿は蛍火に抱きつかれ、唇を噛《か》みしめていた。だらりと垂らした手は、こぶしを握りしめ、小刻みに震えている。噛みしめた唇と、まなじりの吊《つ》りあがったきつい目から、その震えは羞恥《しゅうち》によるものではなく怒りからだろうと知れる。

「ねぇ、登花殿の女御さま……。こんな恥ずかしい遊びぶり、登花殿の女御さまおひとりでしたらまだしも皆さんに見咎《みとが》められては気持ちが乱れましてよ？　どうして他の女御さままで連れていらっしゃったのでしょうか。蛍火は、あなたさまとふたりきりでお会いするつもりで文を出しましたのに、なんで他の皆様も一緒にいらしたの？」

そう——文を渡され招待されたのは、千古だけだ。

が、千古はどういうわけか、帝《みかど》にきつく「蛍火とふたりきりで会うな」と命じられている。そんなわけで、曲水《ごくすい》の宴《うたげ》の前に、後宮の女同士の会合もいいんじゃないのかなと軽い気持ちで残りのふたりも誘ってみた。誘ったついでに「他家の皆様も一緒に伺います」と決定事項として蛍火に返事をした。

「蛍火さまのことですから、よほど私を驚かせてくださることと期待して、宣耀殿と麗景殿をお誘い申し上げましたの。私ひとりで楽しむのはもったいないようなことを、きっと、蛍火さまなら企《たくら》んでいらっしゃると見ていました。実際そのとおりでしたわね」

「あとで、気のおかしい女の遊び方だと、お笑いになりますか？」

「いいえ。絶対に笑いません」

長々と、実の在るような、ないようなやり取りをする。千古は、心の底から蛍火を「食えない人だなあ」と思う。ああ言えば、こう言う。直截《ちょくせつ》なことを言いだしたかと思うと、途端に煙《けむ》に巻くように匂わせてさっと隠れる。彼女のやり口にはいつも翻弄《ほんろう》される。

「でしたら、皆様も私と同じに」

蛍火がぱんっと両手を打つと、女官たちが男装の装束の包みを持ってきた。

「着替えてくださいませ」

「え？」

「女官のどなたかでもおひとりだけでも着替えて、偽の春を寿《ことほ》いでいってくださいな。泊まっていってくださるならば他言無用の夢を見せてさしあげましてよ？　そんなにたくさんの装束の用意はしてはおりませんの。殿方の役をつとめるものは、このように——胸はきつく布でまとめて平らにしてそれから水干に着替えております」

本来は豊満な胸元を思わず凝視する。蛍火のあの胸を平らにするのにどれだけ力を入れて布を巻いたのか。

——私ですらけっこう大変だもんなあ。男装。

というか……これは千古が男装して出歩いていることを知っているとほのめかしているのでは？　やっぱりそういう意図のもてなしなのでは？

背中にじわっと汗が浮く。

「そんなふしだらなふるまいを、うちの女官たちの誰かにさせるわけにはいきません。失礼いたします」

星宿がきっぱりと言い放ち、裾《すそ》を翻し背を向ける。

星宿に続いて明子が「そ……それでは」とそわそわとして千古を見た。助けを求められているようだが、正直、この状況は想定外すぎて千古も明子を助けられそうにない。むしろ……誰か助けてと千古が言いたい。

「あら、ではせめてこれを一着お持ちになって。あなたは装束を贈り贈られるのがお好きと聞いていますわ。私のものもどうぞ」

蛍火が顎で指図すると、弘徽殿の女官が明子の女官に水干装束を押しつけた。渡された側は思わずというように受け取り、そのまま部屋を出ていった。

蛍火は去っていく者たちには頓着《とんちゃく》せず、見向きもしなかった。

「本当にこの装いは、ついでですの。ただこれに懲りたら次に私があなたを呼んだときは、おひとりでいらしてくださいませね」

しかもそんなふうに釘《くぎ》を刺してきた。

「お座りになって。あなたさまをお呼びした本当の理由は……」

と、蛍火が言うのと同時に背後で「ケキョ」と鳥の声がした。続いて、ばたばたとなにかが暴れるような物音が響いてくる。

千古は思わず耳を澄ませた。

蛍火が軽く手を掲げ、控えていた自分の女官に「運んでちょうだい」と指図する。

「怪我をして気絶したウグイスを庭で拾ってしまったからですわ。黒猫が咥《くわ》えて運んできたとかで」

「猫が？」

「命婦《みょうぶ》は黒猫ではないけれど、でも内裏で放し飼いにされている猫ですもの。ですからウグイスと猫のことはあなたにだけお話ししたかった。内裏で血や不吉は穢《けが》れですから」

その通りだ。命婦は内裏で放し飼いにされている。「ウグイスを咥えていたのは黒猫ではなく実は猫の命婦だった。見間違えたのだ」と誰かが言いだせば、そこで千古が責任を問われる。穢れを内裏に持ち込む呪いだと咎められる可能性も高い。

「私はウグイスを飼育はしていないのですけれど、宵《よい》の上家《かみけ》の紋は梅ですから縁がないわけではないの。雑仕女が弘徽殿の庭にいたのだから弘徽殿のものではないのかと私の手元に運んできました」

ひとりの女官が布に覆われた鳥籠を運んで、蛍火の傍らにすっと置いた。

覆い布をはずすと、竹細工の上品な鳥籠のなかに、ウグイスが一羽。

渡した止まり木の上に乗り、小さく首を傾げて「ケキョ」と鳴いた。

澄んだ声だが、まだぐぜり鳴きの途中なのか、鳴き方が下手だ。ケキョケキョと同じところをくり返しては、首を左右に傾げ、振っている。

覆い布をはらわれたことで不安になったのか、しきりに羽ばたいているが、どこか動きが不自然だ。

全員がじっと見守るなか、ウグイスは止まり木からすとんと落ちた。

「あ……」

千古が息を呑《の》んだ。

ウグイスは一度、羽ばたいてから、片足をかばうようにして歩きだす。

あきらかに左の足が、折れている。

「左の足に怪我をしているようですね」

つぶやいたときには、もう千古はすとんとその場に座り込み、鳥籠へと手をのばしていた。怖がらせないようにとそっと身体を寄せてウグイスを注意深く見守る。

ウグイスは貴族たちがよく飼育している鳥のひとつだ。綺麗《きれい》に鳴くウグイスを飼育して、鳴き声をみんなで競わせる宴が春先に行われる。

「いつ、保護をされたのでしょう？　気絶していたのはどれくらいのあいだです？　血が流れたりはしていたのかしら」

矢継ぎ早に質問をする千古を、蛍火が謎めいた笑みと共に見返した。

「雑仕女が拾ったのは昨日のことです。血は流れていたのかもしれませんね。女官たちは怖がって布でくるんだきり、ちゃんとよくは見ていないのですけれど」

「そう……」

じっと観察する。流血していたにしろ、いまはもう血は止まっている。

「曲水の宴の前に私の庭で穢れを得てしまってはと思って、布に包んであたためて、空いていたその鳥籠に入れましたの。どうなることかとはらはらとしていたら、すぐに起き上がって暴れだして」

蛍火は、ほうっと甘い吐息を漏らして、ささやいた。

「私にはこういうのはどうにもならないのですが、どうしてかしら——ふと、正后さまでしたらこのウグイスの怪我を治してくださると感じましたの。猫の件もございますし、あまり大事にはしないほうがいいと思いました。それで今朝〝至急〟と文をお渡ししましたのよ。先ほどお伝えしたように、この桜と、男の出《い》で立ちは、ウグイスとは関係のない、ただの私たちの戯れです。弘徽殿では、たまにこういうことをして、女同士で遊んでおります」

ふふ……と笑って、蛍火は千古の横に寄り添って一緒に鳥籠を覗き込む。

どうしてかしら——ふと、と、蛍火はそう言う。

千古だったらウグイスの怪我を治してくれると思った、と？

その言い方は、もはや、千古が裏でなにをしているのかを自分は知っているのだというほのめかしにしか聞こえない。

「なにが必要ですの？　おっしゃってくだされば用意しますわ」

蛍火は、たぶん、千古が隠しているものを引きずり出そうとしている。もしかしたら骨折なんて治せない……と言うべきなのかもしれない。が、見てしまった以上、このウグイスを見殺しにはできない千古である。

「鳥も、人も、同じです。骨が折れているのなら正しい形にして固定して、あとは安静にしてもらうだけ。ウグィスの足にちょうどいい、小さな木が必要ね。折れているところに固定して、添えるわ」

「木？　こういうのでもよろしくて？」

蛍火の女官が、小枝を差しだす。

「それでは大きすぎるから削ります。貸してください。あと、固定するのに細い布を」

弘徽殿の女官たちはすぐに動いて千古の側に細く切った白い布を差しだした。

千古の女官たちは皆手先が器用だが、鳥の骨折の添え木に最適な長さと太さは把握していない。成子《なりこ》や典侍《ないしのすけ》ならすぐに木を削ってくれるだろうけれど、成子の顔をあまり見せたくはないから、ふたりとも登花殿に留守番を頼んでしまった。

口で説明するより自分が手を動かすのが一番だ。懐から小刀を取りだし、受け取った木の枝を削りはじめる。

「あら、ずいぶんと刀の扱いに慣れていらっしゃる」

ぐいぐいと切り込んでくる蛍火に千古は微笑んで返す。

「ええ。ご存じでいらっしゃると思いますが——私は暁《あかつき》の家の出ですもの。暁は、財のある方角に鼻先を向ける家ですの。ですから、自分たちが扱うものについては、ちゃんと自分でたしかめる。刀の切れ味も——竹籠の細工だって——なんなら仏像の彫りかたも私は小さなときから習って参りました」

暁の家が——というのではなく、どちらかというとこれは千古の乳母《めのと》の、典侍の教育方針がそうだっただけだが。

適当なことを言って、探ってくる相手をはぐらかそうとしていたら、忘れかけていた過去が唐突に蘇《よみがえ》ってきた。

鳥の骨折を治すのは今回がはじめてではなかった。そういえば子どものときに、こういうことを千古は習い、やっていた。

「昔……幼いときに私も雀を捕まえて、飼おうとしたことがあるのですよ。庭の先に仕掛けを作って。最初のうちはまったく捕まらなかったのですが、ある日、まだ巣離れをしたばかりの雀が仕掛けにかかって……」

巣から落ちた雀は、どういう加減か千古の作った仕掛けにかかった。落下した際に足の骨を折ったようで、片足を引きずってよたよたと歩いていた。うまく飛べずに仕掛けの籠のなかで、じたばたと暴れる雀を、千古はそうっと優しく手のなかに包み込んだ。

——あのときも、典侍に教わったんだわ。

ためらわずに上からさくっと摑《つか》みとれと言われた。そうしないと逃れようとして暴れるから、と。素早く、けれど、柔らかく。指先と、手のひらの使い方を覚えなさいと、そう言った。小さな胴体はぎゅっと力を入れると、あっさりと握りつぶされてしまうから。

典侍は凜《りん》とした声で千古に言った。

――あなたは頭ではなく、なんでもその身体で覚えていく質《たち》のようですから、そのまま摑んでごらんなさい、と。

典侍は、千古の好奇心を押しつぶすことは一度としてなかった。気になったことはすべて、教えてくれた。その蓄積がいまの千古だ。手足が――身体が――皮膚がすべてを覚えている。

小鳥は怖い思いをすると、それだけで気を失ったり、あるいは死んでしまったりすることもある。それでも彼らは野生なのだ。弱々しくても、いざというときはその嘴《くちばし》や爪でこちらを攻撃する。気は抜くな。

削り終えた細い木片を脇に置き、鳥籠の戸をそうっと開ける。ためらうことなく素早く手を差し入れて、ウグイスをさっと摑んで引き抜くのを見て、蛍火が「あ」と小さくつぶやいた。

手のなかでウグイスが緑の羽をばたつかせ暴れだす。

「よしよし。怖くないよ。平気。大丈夫。足を見せて」

囀《さえず》りに似せた声の高さでそう告げる。小さな鼓動が手のなかにある。生きている。撫《な》でつけて片手で胴体を返し、足に添え木を押しつける。

「手伝ってくださらない？　誰でもいいわ。手が器用で度胸のある人であれば。こっちが怖がっていると伝わるの。さっさと動かさないとよけいに暴れる。この添え木を私の代わりに押さえるか――そうじゃなければ私が押さえているから、布を巻いて固定させて」

蛍火がさっと布を手に取った。細くて白い指が、器用に、千古が添えた木とウグイスの足に巻きつけられる。なんの忠告も不要なくらい、見事な巻きつけぶりである。

「上手でいらっしゃること。蛍火さまは傷の手当ても得意なの？」

「口と手を使う、たいていのことは得意だわ。柔らかく指を押しつけることに慣れているのよ」

「そう。でしたらご自身でどうにかすればよかったじゃないですか」

「触ることには慣れていても、どう触れば正しいかどうかは知らないの。あら――私にも知らないことはまだあるのね」

蛍火が不思議そうにしてそう言った。ウグイスを見つめるまなざしは、蛍火にしては珍しくどこかあどけないものである。

巻き終えて「これでいいかしら？」と問いかけられ、千古は、ためつすがめつ添え木とウグイスを検分し「いいと思うわ」と返す。

「かわいそうだけど止まり木は、外してしまって。身動きするとかえって骨がくっつかないし、変な形でついてしまうことがあるから。動かないでと言っても鳥は言うことを聞きやしないの。だから動かない環境にしないとならないのよ」

千古の女官たちと蛍火の女官が鳥籠から止まり木を外し、差しだして寄越す。

千古は、そうっと、ウグイスを鳥籠のなかへと差し戻した。ウグイスはしばらくそのまま横たわっている。目は開いているけれど、驚いてまたもや放心してしまったのだろう。

「これは……」

首を傾げて覗《のぞ》き込む蛍火に「布をかけて静かなところに置いておけば、意識を取り戻すわ」と伝え——鳥籠の戸を確認してから、覆い布をそこにかぶせた。

蛍火は自ら鳥籠を持ち、立ち上がる。つられて千古も立ち上がる。

登花殿の女官たちが慌てて千古に付き従おうとするのを、蛍火が制した。

「とって食いやしなくてよ。奥の静かな場所にウグイスを運ぶだけ。そちらでお待ちくださいませ」

蛍火は続いて、弘徽殿の女官たちに命じる。

「あなたたち、登花殿の皆様をもてなして差しあげて。用意していた水菓子をお出しなさいな。特に珍しいものではないけれど——それから草紙の最新のものが一巻あるわね。あれもお出しして」

女官たちが几帳《きちょう》の奥から水菓子や唐菓子の皿を運び、新しい草紙の巻物を広げだす。宰相の君が困った顔で千古を見上げた。

「ありがたく、ご厚意をお受けなさい」

と、とりなして、千古はひとりでするすると進む蛍火の後をついていった。弘徽殿の一室で、女官たちに対して悪事を企てるのは難しい。困ったことにはならないだろう。宰相の君はじめ、登花殿のみんなは、いざというとき頼りになるしっかり者ばかりだ。

それに——。

「このウグイスは鳴き方も下手なままなのよ。大丈夫なのかしら」

歩きながらぼんやりとつぶやく蛍火は、いつになく頼りなげに見えた。男の姿をするとでかえって凜々《りり》しさよりも、脆《もろ》い部分が滲《にじ》み出る。

「たしかに、ケキョ、ケキョっていう鳴き方してましたね。ホウホケキョの、ホウがない。でもウグイスの鳴き始めはみんな鳴き方が下手なもんですから」

……なんていうことはきっと蛍火だって知っているのだと、はっと思う。賢《さか》しらなことをつい言ってしまった。恥ずかしい。

蛍火が傍らを歩く千古にちらりと視線を寄越し、柔らかく笑った。

「そういえば、春のはじめのウグイスはみんな鳴き方が下手ですわね。では元気になったならあれの前で見本になるように鳴いてみせてあげないとならないわ。上手《うま》い鳴き方を見聞きして、それを手本にして覚えていくものなのでしょう？」

「はい。上手い鳴き方をするウグイスを手に入れて、一緒の部屋で過ごさせるといいんですよ。市にはそういう鳴き声の巧みなウグイスも売られていますから」

「ウグイスのあの鳴き声は恋のため。上手くないと女のウグイスに巡り会えないのだわ。ちゃんと学ばせてあげたいものだわ」

蛍火が目を伏せた。閉じたまぶたに塗られた淡い紅の色が艶《なま》めかしかった。

寝殿の向こうにつながる塗籠《ぬりごめ》の妻戸を開ける。鳥籠を持ったまま塗籠へと入る蛍火の背中を追いかけていいのか、どうなのかを千古はつかの間、迷った。

「助かりました。ウグイスが起き上がるかどうかが不安だから、ここでしばらく様子を見ていてもいいかしら。布はこのままにして、静かにして、羽ばたきを待っていても？」

と蛍火が言う。

「はい。心配なのでしたら、そうしても」

「では千古さまもご一緒にいらしてくださる？」

四方を土壁で囲まれた静かな部屋だ。戸を閉めて鍵《かぎ》をかければ、外から人が入り込むことはできない。

「私も？　ええ……わかったわ」

ためらったのは、薄暗い塗籠のなかで蛍火とふたりきりになること。

それでも同意したのは、かといって外には女官たちがいるから——いくら蛍火でも謀《はかりごと》はできそうにないという安心から。ウグイスのことも気がかりで、さらにいえばもう少し蛍火とふたりで話してみたいという好奇心もあったのだ。

千古が入ると、蛍火は鳥籠を部屋の片隅にそっと置く。そこから離れて、蛍火がしどけなく膝《ひざ》を崩し、脇息《きょうそく》にもたれかかる。妻戸は開いたままだが、外には誰もいない。

「じゃあ……ついでですもの。雨夜の品定めではないけれど、女同士、遠慮のない話をしましょうか？」

「え？」

「ここのところ主上《しゅじょう》は、昼間に、後宮のあちこちをお渡りになっていらっしゃるわね。私と主上が何度も弘徽殿の塗籠で長い時間を過ごしていることを、あなたも聞いているのでしょう？　そういう話はすぐに他の女官たちの噂になりますもの」

「…………」

脇息があり几帳があり、夜具があった。明かりのない暗い室内に、開いた戸から斜めに零《こぼ》れた光が蛍火の姿を淡く彩っている。

見ないでいたら気にしなかっただろうにと、ふいに思う。この塗籠で、帝《みかど》は、蛍火と共に長い時間を過ごしたのだ。うっかり足を踏み入れてしまった。蛍火と帝がここで、こんなふうに身体を近づけて語りあう様子を、まざまざと脳裏に思い描いてしまう。

こっちが本筋だったのかもしれない。

ウグイスは千古を釣るための餌だったのかも。

帝は「蛍火とは、話をしているだけだ。あれは人前では話せないようなことを話すのだ」と何度か、折に触れ、聞いてもいないのに弁解していたが——こんな色気の権化のような女性と塗籠に閉じこもって一対一で、はたして理性は保つのだろうか。あまり考えてみたことはないが、それはそれで帝の理性の鉄壁さと潔癖さに対して疑念を覚える。男として大丈夫か、それは、という身も蓋《ふた》もないひと言に集結してしまう。

と——蛍火がひらひらと片手を振った。

「ああ……誤解しないでくださいませ。あなたの悋気《りんき》を煽《あお》ろうとしているわけではないのよ。そんなことをしても私にはなんの得もないのですもの。私、あなたとは仲良く過ごしたいと願っておりますの」

「……はい」

「今回は本当にウグイスの怪我を診てもらいたかったのよ。もう少ししたら御物忌みになってしまうからその前に」

神事の前に帝の身体を清めることは法令により定められている。

特にここのところは国の乱れと疲弊が強く、今上帝は、致斎《まいみ》の三日を御物忌みにあてることとなった。しかし帝の御物忌みは宮中の流れを停滞させるのだ。

帝の御物忌みの際に、殿上人たちもまた、宮中での行き来を禁じられる。

帝以外の者たちもみんな帝の御物忌みに巻き込まれ、宮中に入ってしまったら、入ってしまったきりになる。外出禁止で人の訪問も禁止。病人の見舞いも禁止。肉食もだめ。雅楽は神事にまつわるものだけ。

その前に必要な手配はすませ、会いたい人とは会っておく。話したいことは話しておこう。それは理に適《かな》った考え方だ。

「それに、曲水の宴《うたげ》の前に弘徽殿に障りがあるのは、嫌ですもの。今年の曲水の宴にはとても重要な意味が込められている。主上の立場が強くなるか、弱くなるかの瀬戸際ですものね。私が主上の敵ならばこの神事になんらかの穢《けが》れた呪いをかけようとするわ」

千古ははっとして蛍火の顔を見る。

「嫌みでもなく、つばぜり合いでもない、女同士の話をあなたとしたことがなかったわね。たとえば〝ただの男〟としての今上帝の話などを。恋の話は後宮の女たちにとっては格好の話題ですわ。私は、主上の見た目はとても好ましいと思っておりますの。女御《にょうご》は、どう思われます？」

「見た目……というと。そうね。主上は顔がいいですよね」

「ただ、和歌の才覚もないし、筆も下手ですわ。そういえば、以前、試しに笙《しょう》を吹いていただいたのよ。よほどに下手なら悪し様に言われるかもしれないと、万が一のことも考えてひと目を避けて、この塗籠で」

そう言って蛍火がなにかを思い出すようにして目を細め、静かに嘆息してから、続けた。

「下手……というひと言で片づけられないものだった。あんな音色を聞いたのは、私、はじめてでしたわ。あやかしがあげる悲鳴のような音がしました。お聞きになったことがある？」

言い得て妙、かつ、あけすけだなあと、顔が引き攣《つ》った。帝相手になんて手厳しい。

「笙の音の実力だけではなくてね、塗籠では——鍵をかけてふたりで閉じこもって、他の者には聞かせられない話をいくつかしましたの。あの方は、女が政治に口を挟むことも厭《いと》わない方ね？　都の男ではそんなのは珍しい。いえ……鄙《ひな》の地でも、そういう男は珍しいような気がするわね」

脇息に肘《ひじ》をかけ、曲げた手の先に顎《あご》を載せて、蛍火は千古へと視線を向け静かに聞いた。

「千古さまは主上のことをどう思っていらっしゃるの？　あなたたちまだ寝所は共にはしていないでしょう？　頭でなにをどうしても、共に夜を過ごしたら、一度くらいは触れあうものよ。そういう出来事が起きないのだとしたら、それはあなたの心に別の男が棲《す》んでいるから？」

「え……？　あの？」

「変なところで主上は素朴で純情でいらっしゃるから……。あなたに迷いがある限り、あなたの肌に手をかけない気がするわ。かわいそうだとは思わないのかしら。ここは後宮で、花はよりどりみどり。なのにあの若い男は、いまだ、どの花も摘み取ろうとしないのだわ。

無残よね。花にとっても――若い男にとっても。あなたもそろそろ覚悟をお決めなさいな。正后の座についたんですもの」

蛍火が冷たく投げかける。

男のなりをした色づいた花が、薄い笑いを貼りつけて、黒々とひかる目で千古を見据えていた。

「主上は、都に来る前は相応に遊んでいらしたと伺いましたわ。他にすることもない鄙の地の夜は、ひとりで寝るのも寒々しいようで――というお話を。それを聞くまで、私、主上は、女性とは触れあえない質《たち》の方かと少しだけ疑っていましたのよ？」

ささやいてこちらを覗き込む。千古の膝に手を置いて、身体を傾けてくる蛍火からは甘い匂いがする。

――ちょっと待て。それでそういう格好もたまにしているというやつか⁉

帝が女性とは恋愛できないのではという疑いから、あえての男装も仕掛けてみたということか⁉　蛍火の実行力は怖すぎる。千古ももちろん人のことは言えないのだが、斜め上にがんばりすぎではなかろうか。

「ですが、主上自ら、都にいらっしゃる前に、何人かの女性たちと情をかわしていらっしゃったのだと教えていただけてほっとしましたの。私だけの話ではありません。後宮にいる女たちは、さっきのウグイス同様の籠の鳥。羽ばたけない鳥の身で、せめて卵を育《はぐく》むことくらいは、させていただけないと、つらいですもの」

ああ——それは。

痛いところをついてこられて千古は無駄に微笑んだ。後宮の女は実際、誰もが籠の鳥だ。空に放たれることのない姫たちは、ただ、卵を産む日だけを夢見て、集い、着飾っている。競いあうすべてが、いつか雛《ひな》を孵《かえ》すため。

「なかなか本心をおっしゃる方ではないのですけれど——はじめて心を交わした女性のことはいまでも気持ちを残しているようにも聞こえました。事情があって女のほうが里を離れることになり、そのときに、彼女の無事を祈って守り袋を渡したのだとか。かわいらしいお話ね。そのお話に、私にもそんな初々しいときがあったなと、自分の昔を思い返しましたわ」

守り袋の女性の話は千古も聞いて、知っている。

「主上の語り口がいつになく、純朴で、つい話し込んでしまいました。男というものは、はじめての相手を大事に心に残しているというのは、本当なのかもしれないわね」

ぽつりと言って、続ける。

「それでね、守り袋の女を連れてきてはと申し上げましたの。このまま東宮の擁立がかなわないのは困りますもの。もしも鄙の地に気にかけた女性を残したままなら、いっそ後宮に入れてしまうのが最善でしょう。その女性なら愛せるとおっしゃるのなら、その女性を高位につかせたらって。そうお伝えしたら——相手はもうすでに誰かと結婚をしているだろうからと、否定されてしまいましたわ。どこにいるかもうわからないうえに、年齢的にもきっともう他の誰かと暮らしているはずだから、捜す必要もないという言い方で」

そこまでは——千古には聞けなかったし、言えなかった。それを蛍火は突き詰めて聞いたというのか。

「それで私は次に別のお話をさせていただいたの。でしたら、新しく、武家の娘を更衣として輿入《こしい》れさせてみては、と。四つの家で拮抗《きっこう》しているのがお嫌で誰にも愛を与えないなら、外側から別の勢力を放り込んで、この鳥籠《とりかご》が壊れるかどうかを試してみてはどうかしらと。主上は興味深げに聞いてくださいましたわ」

「…………？」

蛍火が、藤壺《ふじつぼ》の更衣の入内《じゅだい》をそそのかしたのか。

明子にその噂を耳打ちしたのか。

明子のあとに今度は千古——その次にはきっと星宿に。

後宮の女たちひとりずつに耳打ちし「それであなたはどうされます？」と、それぞれの顔をあやしく覗《のぞ》き込む。

——蛍火という姫は、つくづく食えない。なんて手強《てごわ》い。

「そして武家の姫が子をなしたときにあわせて正后さまも子をなせばよろしいの。できるものなら他家の姫たちも同時に」

なにかいま、とんでもない意見を聞いているなと思う。

「腹の子が、息子になるか娘になるかは各々《おのおの》の姫の運次第。ひとりだけならば均衡が崩れるから東宮は作れないと懸念されていらっしゃるのでしたら、いっそ同時にたくさん子をなしてしまって、あとは各家がしのぎを削るのにまかせるという考えもありましてよ」

「それは後宮の正しい形ですね。ですが更衣の後ろ盾では東宮には」

「なれましてよ。産んだ後にすぐに養子に出せば。四家のどこかの養子にすれば武家と貴族の両方の後ろ盾を得て完璧《かんぺき》でしょう？　ですから、武家の姫に子がなせたなら、その子は私が欲しいとお願いしたの。主上が私の願いを聞いてくださるかはわからないけれど……」

女たちが同時に子をなして、各々の家が東宮の後ろ盾として互いの力を削り取る。蛍火が押し進めようとしているのは、ごく当たり前の、正しい後宮の形だ。

──養子をもらってまで元の形に戻そうと？

「東宮候補がひとりきりならその子にしか権威はまわらない。複数になると、権威の取り合いで互いに足を引っ張りあって──きっと主上のことはほんの数年、放置するわ。ひとりやふたりじゃあだめなのよ。四人か五人、同時にお子を産ませなさいな。できるなら十人くらい。都の貴族は目の前のことにすぐに夢中になる者ばかりですもの。どの東宮が育つかを見繕うのに必死になって、しばらくは主上をあの位置のまま据え置くわ。長い月日の政治に向く男なんて、この内裏に、いまはいないもの」

毒舌だ。

「だからこそ宵の上家は、その数年のあいだ、主上をお支えできると思うわ。たった数年と思われるならそれはそれ。でもその数年で次の基盤を作れないようなら、どちらにしろ主上とあなたは〝その程度〟ということよ。白刃の上を渡っているのは、ご自分たちだけと思い上がらないでくださいな。後宮に嫁いだ姫たちはもうとっくに、同じ刃《やいば》の上に足を乗せている」

あけすけに、腹の内をさらけだす。

「これぱかりは欲したところで得られるものでもないうえに、出産は命がけ。でも後宮の女はみんなその覚悟をもって身ひとつでここに来たのですもの。……そうではなくて？」

息をひとつ呑《の》み込んでから、千古はうなずく。

蛍火の意見はすべてこの時代においてひどくまっとうなものだから。

「だから——武家筋の更衣が産んだ最初の男子を私がもらえたら、私は、宵の上家を従わせてみせると約束をしたわ。暁《あかつき》の下家《しもけ》が正后で、私が中宮として立って東宮をお育てすれば主上の背後を武家と貴族がお支えしましょう。悪い話ではないと思うし、私とあなたたなら、きっとうまくいく。他の姫さまたちより私のほうがあなたには近しいとは思わないかしら？」

千古とはまるで正反対の考え方で、女の腹だけで政治を取り仕切ろうとする蛍火を、千古は怖い思いで見返した。

「ええ。そうですわね、でしたら養子などもらわずに蛍火さまがお産みになったらいいのですわ」

「それができるならそうしているわ。堂々巡りね？　ねぇ──内緒にしてくださるかしら」

蛍火が千古の耳に唇を押しつけ、ひそりと告げた。

「私……子をなせる身体ではないのですよ」

「え……!?」

「どうしてそれがわかったかとか、どうしてそうなったかとかまでは説明はしたくないの。でもこれは本当。宵の上家の大臣も身内たちも私のその秘密を知らないで、嫁がせたのよ。私だったらいずれ東宮を腹に宿すだろうと信じて、ね」

だから私は高みからみんなを眺めて楽しんでいたのよと、毒の混じった甘い声で続ける。

雛を抱えるための競い合いは私には他人事《ひとごと》ですもの。

おもしろおかしく眺めていられたわ。

「でもね、私、あなたたちがあまりにも楽しげに内裏と後宮を引っ掻《か》き回すものだから

――野心を持ってしまったの。この内裏で、この後宮ならば、私の花に実をつけることを夢見てもいいのではないかしらって。あなたのせいよ、千古さま？　責任をとってくださるかしら」

「責任って」

「ねぇ――千古さま？　私、いままでは、ただ、おもしろがって後宮を眺めておりましたのよ？　でも、そろそろ本気になってみたいのよ。後宮の姫は誰もかれも籠の鳥。どれだけ知恵を携えても、力を蓄えても、籠から大空に放たれることはないと思っていたのに……あなたたちが籠を壊そうとなさるから、私も夢を見てしまったわ。私に、力をちょうだい？　私、いろいろなことを上手《うま》くやれる女ですのよ？」

どういう顔でそんなことを語っているのかとしげしげと見返す。

単に、美しい顔のままである。

「どこまで本気でいらっしゃるの？」

かろうじてそう聞き返す。

蛍火が千古の耳朶《みみたぶ》をぺろりと舐《な》めた。肌がざわっと粟立《あわだ》った。

「……きゃっ。なにを…………っ」

「ごめんなさい。美味《おい》しそうだったから、つい」

そう言って答えをはぐらかされた。

くすくすと笑う蛍火の後ろで、目覚めたウグイスが鳥籠を揺らし「ケキョ」と下手な鳴き声をあげた。

※

ウグイスの様子をもう一度だけ見てから、千古は弘徽殿を後にした。

蛍火は、あらかじめ自分の女官たちに、相手に心地よく過ごしてもらえるように配慮をと伝えたから、登花殿の女官たちもそれなりに仲睦《なかむつ》まじく楽しい女同士の語らいをして、去っていったはずである。

塗籠にウグイスと共に残った蛍火は、髪を束ねていた紐《ひも》をするりと解《ほど》いて、弄《もてあそ》ぶ。

頬を染めてうつむいて立ち去った千古の後ろ姿を思い返すと、笑みが零《こぼ》れる。

——後宮に集う女なんてみんな籠の鳥。

どれだけ美しかろうが、才気に溢《あふ》れていようが、私たちは後宮を離れて大空を羽ばたくことはできない。

知らないあいだにそうすり込まれていたのだと、蛍火は、千古たちを見て気づいてしまった。

蛍火にもかつて、たしかな未来があったのだ。育つにつれて、蛍火は、手のなかにあるはずの自由に目をつぶった。すべての理不尽を呑み込んで、空を忘れて、蛍火は自ら籠のなかに入ったのだ。

「あなたたちは、そんな私の当たり前の考えを踏み越えて、壊して、どこか遠くにいこうとしているの？　なんて素敵なことでしょう」

ほうっと吐息を漏らして蛍火は独白する。


空に向かって飛翔《ひしょう》する、自由になった小鳥がどこまでいけるのか。

大きな世界の無情さに小さな羽と嘴《くちばし》だけで抗《あらが》え生き抜くのか。

いずれ鷹《たか》や肉食の獣に狩られて喰《く》われ、消えるのか。

「その眺めを私に見せてくださるのかしら」

蛍火は、もういまさら籠の外に出ようとは思わない。

だから——。


「あなたたちの行く末だけを見せてちょうだい」

沈んだ声に耳を澄ますものはウグイスだけしかいなかった。

4

すり切れて、継ぎのあたった着物を着た子どもたちが声をあげて走っていった。

三月一日。

子どもたちの丸い膝《ひざ》が寒さでなのか、赤く染まっている。それでも子どもらは弾《はじ》けるように笑いあい、走るだけのことがなによりも楽しいという顔で走りまわる。

「懐かしいねえ。ああいう時代が私たちにもありましたね、秋長《あきなが》」

小坊主姿の千古《ちふる》と、秋長が歩いているのは都の外れである。

「僕の目からするとあなたはいまでもあんな時代にいるように見えますがね」

淡々と応じる秋長に千古が即座に言い返した。

「……いやあ、さすがにあそこまで元気でもなければ怖いもの知らずでもないわよ？」

「どうでしょう。正后なのに変装をして御物忌みの大内裏を空けて外に出てくるのは、大人のふるまいではないですよ」

普通なら帝の御物忌みに巻き込まれ、後宮の部屋で声を発することもなく、静かに潔斎するべきなのである。が、千古は鬘《かつら》を脱ぎ捨て、想念《そうねん》の格好で外に出た。ひとりで出歩くのは許されていないので、当然のように秋長がついて来る。秋長がいい迷惑だと思っているのは知っている。申し訳ない。

千古はいつも自分の後ろを歩く秋長を肩越しに見る。

「ちょうどドクダミもセンナも底をついてしまって、薬草を摘みにいきたいと思っていたところだったし。あ……そういえば最近おもしろい話を聞いたの。毒をもって毒を制すっていうのを薬生《やくしょう》と話して盛り上がった。一度、病にかかったものはその病の毒に対して処せる身体になりかわることがある。それは病という毒を身体に受け入れることで、新たな病に対して戦う術《すべ》を知るからだとか」

秋長は無言である。

「あとね、解毒剤というものについても盛り上がりましたね。強い毒には強い毒をあてると毒消しになることがある。フグの毒を飲んだ直後に同量のトリカブトの毒を飲むことで互いの毒を消しあうみたいで——なんと、死なないの！　馴染《なじ》みの薬生が実験をして配合の割合を見極めたっていうのでそりゃあもう大騒ぎ。おもに私とその征宣《ゆきのぶ》とのあいだでだけの大盛り上がりでしたね！」

「試したんですか？　あなたも？」

秋長の目がかっと見開かれた。そりゃあもう大怒りという感じの顔になった。

「だから、さすがにそこまで元気でもなければ怖い者知らずでもないってば。試したのは薬生の征宣で調薬とか見極めの方法だけは聞いてきた。あと征宣と一緒に毒消しをいま作ってて、うっかりすると死ぬかもしれないけど、もしかしたらすべての毒を帳消しにするすごいやつになるかもしれない」

「救うか殺すか、どっちなんです？」

「いまんとこおもに殺すほうに役立つ」

「それただの毒薬じゃないですか。なに作りだしてるんです？　物騒すぎる。しかもその合間に典侍《ないしのすけ》と武闘や舞踏もしてるんでしたね。戦って、舞って。そんなふうで主上《しゅじょう》との仲睦まじいお時間はとれているのですか？　正后さまなのに」

呆《あき》れた顔になった秋長に「面目ない」と頭を掻《か》いた。

「眠る時間だって足りてないでしょうに――他の姫のための薬草が足りなくなっただなんて、あなたはそういうことを言う。そんなだから成子《なりこ》が心配するんですよ。御物忌みのついでに寝て過ごせばいいじゃないですか」

「……うん。ただ今回は、仕方ないの。よく鳴くウグイスが欲しいんですもの。誰かに頼んで買ってきてもらうより、自分の目と耳でたしかめたいわ。綺麗《きれい》な鳴き声のウグイスを……」

「それも自分のためじゃなく他の誰かのためなんじゃないんですか？」

答えられずにいたら、ほら図星じゃないですかというように秋長が軽く鼻を鳴らした。

歩いていくにつれどんどん周囲が寂れていく。路地裏に溜《た》まった塵芥《ちりあくた》。なんともいえない腐臭。がたごとと音をさせていまにも倒れてしまいそうな家がまばらに並び、野良犬が日陰を走って渡っていく。

しかし、吹く風だけではなく心のなかも冷えていってしまいそうなこの光景も——いまの月薙国《げっていこく》の都のたしかな一部だ。

綺麗に着飾る内裏の姫と貴族たちのなかに、この国の実情を把握している者がどれくらいいるのか。

「せめて花でも見にいきましょうか。あなたとふたりで花見なんてぞっとしますが。——ウグイスは、ひとくひとくといとひしもをる。ウグイスは人が来るのを嫌がるんだったな」

古今集《こきんしゅう》の詠み人知らずのウグイスの和歌になぞらえて、そんなことを言う。秋長はいろんなことをよく知っている。梅の花を見にきたのに人ばかりたくさん来て、もう嫌だという歌だ。

「花は見なくていいわ」

尖《とが》った声が出たのは、秋長がまた的を射たことを言いだすからだ。ここで花にまつわる和歌を出してくる。

「え……」

花のことなんて考えたくない。特に後宮の「花」たちのことは。

でも、千古は他の花のことまでも考えないとならないのだ。

正后なのだから。そして帝《みかど》も、帝なのだから、考えるべきなのだ。

まるで頃合いを計ったかのようにどこからか——ウグイスの鳴き声がする。

でもそれもまた当然か。ウグイス売りのもとに歩いていっているのだから。綺麗な良い声で、ウグイスが春を告げている。

「ほら、秋長。あっちから声がする。良く鳴くウグイスを売っているというのはあのあたりだね」

さくさくと歩いていくと、秋長が千古の肩を軽く押した。この男は前を歩かないが、後から千古を優しく押すのだ。そして千古の背中を守るのだ。

「ちょっ……押さないでよ。っていうか叩《たた》かないでよっ。なんでそんなふうにバシバシ私の背中叩くのっ」

振り返って、叩き返そうとしたら秋長が自ら「叩かれやすい」ところに頭を差しだした。あまりに絶妙すぎるから、一瞬ためらってから、烏帽子《えぼし》が曲がらない角度で、思い切りよく音が出るくらい叩いてやった。

「っ。いくらなんでも容赦なさすぎだっ」

秋長が頭を押さえてまなじりをつり上げるから、

「差しだしてわざと叩かれにくるところが腹が立つのっ」

と言い返す。

「そういうところが子どもだっていってんだって。僕に腹を立てたついでにあとで木剣を探してどこかで打ち合いでもしましょうか？」

丁寧語を一瞬だけ吹き飛ばし、けれどすぐに我に返って澄まし顔になって秋長が言う。

「なんでよ？」

「子どものときはよくやったじゃないですか。大人のふりをするより、意味もなく駆けっこをしている同士のほうが僕とあなたにふさわしい。いまだって僕たちはあの頃とそんなに変わっていやしない」

「変わってしまったわよ……」

「そう思い込んでいるだけですし——変わってるとしたら、いい方向に変わってますよ。少なくとも僕はそうです。少年の純真な心のままで、知恵と体力をつけて立派な大人になってます。いいとこどりの成長ですよ」

きっぱりと言い切るのが清々《すがすが》しいから、笑ってしまった。

心がくさくさとして落ち込んでいると、こうやって察して、元気づけてくれる。たしかにそういうところは立派な大人だ。昔ならこんな慰め方はしてくれなかった。

「悪いけど、いまの私、けっこう強いよ？　典侍の本気の修行だからかなりえげつなく相手の命を狙う戦い方しかできないよ？　大丈夫？」

「なんで僕の母はよりによってあなたにそんな修行をつけるかな。ああ、だけど母ならそうするでしょうね。きっとあなたはいまとてつもなく、嫌な戦いをする女性になっているっていうのが、伝わりました」

秋長が半眼になって空気が抜けるみたいな声でつぶやいた。そのへんはもう心の底から申し訳ない。

そしてふたりは良い声のウグイスと欲しい薬草と薬を買い付け、そのへんの山のふもとで、適当な木の枝を拾い上げて戦いだす。なにせ典侍は「弱いんだからいい武器で戦え」と言いながらも「なにもないときは常にそのへんの武器になりそうなものを目敏《めざと》く探せ」とも言っているので。

そうなると、適度な長さの木の枝は、武器である。

「あなた最近、評判悪いですよ。実は性悪なんじゃないかって雑仕女や女官たちが言い合ってます。明子《あきこ》姫となにかありました？」

そして秋長は戦いながらそんなことを聞いてくる。こちらの集中を削《そ》いでくる作戦か。

「なにって、こっちはなにもしてないよ。お揃いの装束のことよね？　私が性格悪いっていう噂は知ってる。だけど実際、私の性格は悪いから、もういいかなって。明子姫のはわざとなのか、素直なのか、まだ見極められないのよ。嫌がらせなんだってわかったら、それなりに対処はさせてもらうわ」

「捨て置いてもいいって思う相手に、あなたは足をすくわれがちなところがあるからなあ。大丈夫ですか？　あなたはここぞというときに、甘いから」

一理ある。昔からそういうところがある。

「気をつけます……」

「それから鬼の都を調べにいく話は……」

「聞いた。いく」

「即答ですか。あと藤壺《ふじつぼ》の」

「更衣。聞いた。信濃《しなの》の武家の姫なんだって？　鬼の都に信濃の武家の姫、かつ、信濃は流人の地って……揃ってるよね。ふたつくらいなら偶然ですませる。三つ面倒そうなことが並んだら必然か、もしくは誰かが企《たくら》んでると思って……がんばる」

「がんばるってなにをですか」

「なにもかもをよ!!」

傍らの木には購入したウグイスが鳥籠《とりかご》に収まって吊《つ》られている。ときどきいい感じにホウホケキョと鳴く。

おかげさまで千古はけっこう気持ちがすっきりした。

ふたりは夕暮れまで汗だくで剣の稽古をしたのであった。

※

御物忌みが終わり、曲水《ごくすい》の宴《うたげ》がはじまった。

春来たり――とはいうものの、いまだ水も風も冷たいままの今年の春である。

雑色たちが清らかにした御溝水《みかわみず》が宮中の庭を流れてゆく。どこからともなく聞こえてくるのはウグイスの鳴き声だ。梅の花見に来たのだから、人は来るなという意地悪なことを囀《さえず》る鳥は、春の訪れと共に恋の季節のはじまりを告げている。

梅だけではなく、早咲きの桜も庭に咲き、淡く消える紅の色を空にかすませていた。白い雲が薄くたなびく。

庭をうねるように流れる川沿いに、この日のためにと縫いあげた装束を身につけ、貴族たちが着座している。墨を湛《たた》えた硯《すずり》に筆、紙の載った台が公達《きんだち》の前にある。

しつらえられた舞台の上で白拍子が舞う。

清涼殿の孫廂《まごびさし》でくつろぐ帝が「まがり水に豊潤の春を願う。良い空だ。〝桜〟と〝雲〟で一首」と告げ、扇を振ってはらりと開く。帝の声は、よく通る。そういう所作は無駄なく美しく、それだけで充分に絵になった。

千古は遠く、帝の様子を眺めながら成子と典侍を伴って廊下をしずしずと移動した。うつむいて長い髪——といっても千古のそれは鬘《かつら》なのだが——で顔を隠す。宰相の君や摂津《せっつ》の君が、貴族の男たちからの視線を遮るようにして、千古を囲んでいる。

女官たちが用意してくれた千古の装束は、萌黄《もえぎ》に紅梅、薄に蘇芳《すおう》、紅単《ひとえ》と、とりどりの色を詰めあわせた華やかなものだ。あらゆる色を重ねた初春の色合いが不思議と千古にはよく似合った。うるさいくらいの色彩が、千古の愛らしさと闊達《かったつ》さを引き立てている。

「今日は天気がよくて良かったわ」

晴天に目を細め千古がつぶやく。

「本当に」

「主上の和歌もどうにかなりそうだし、雅楽の合奏のときはもうせめて踊っといてってしっかり言い聞かせたし——きっと何事もなくこの宴も終わるはず！　あ……ついでにウグイスも一条《いちじょう》から連れてきたらよかった……」

「市でわざわざ用意されたというウグイスのことですか？　秋長が後でこっそり蔵人《くろうど》の誰かに運んでもらうって言伝《ことづて》くれましたよ。急いでるんですか？」

成子が言う。

「さすが秋長だなあ。急いでないけど、今日どうせ弘徽殿《こきでん》とお会いするから」

ちゃんと鳴くウグイスを、あのウグイスの鳥籠の横に並べておけば、足の怪我が治ったときには下手な鳴き声も変わることだろう。ウグイスにかこつけて話の続きをしてみよう。

秋長と打ち合っているうちに、しっかりと肝が据わった。

曲水の宴が終われば、帝と秋長と信濃に寺社巡りという名の鬼の都調査と、更衣になりそうなお姫さま調べにいかなくてはと前向きになったのだ。鬼については現地にいかないとわからない。姫については帝はなにも言わないままだが「姫の顔を見にいくのに」千古を呼んだというあたりに、帝の思惑が見てとれる。

——あの男、絶対に私の意見も取り入れるつもりだ。

帝をたとえ胸中とはいえ「あの男」呼ばわりするのもひどい話ではあるのだが。

どんな姫なら良しとするのかを、帝が千古に面通しさせようというのも、理に適《かな》っている。千古は帝の側に立ち、彼が頭に載せた冠が落ちることのないように支えていこうと決めたのだから。

そのうえで意見を問われたら「いいんじゃないの」と答えようと決めている。

なのに——まさか自分がこんなふうに、理屈だけで押し通せない気持ちにとらわれるだなんてと途方に暮れる。去年の千古に知らせたい。あなたは一年の月日を帝と過ごし、どういうわけか、やるせなくなるのよ、と。

切なくなる。こうすればいいと言い切れなくなる。迷いだす。

なるほど、理屈で通せなくなるのが人を好きになるという心の行く先か。

奇策なんて思いつかず、そこだけ普通の「女」になった。つまらないものにしてくれたなど、帝《みかど》のことを少しだけ恨む。こんなふうでは青嵐女史《せいらんじょし》になんてなれっこないじゃないか。なにもかもが上手《うま》く進んで、もう自分が不要になったあかつきには、円満離婚と致仕を目指していた初志は、どこへいった？

さまざまなことを思いながら御簾《みす》と几帳《きちょう》で区切られた廂の間へと足を踏み入れる。男たちの目を避けて、後宮の女御《にょうご》と女官たちがそこに集う。近づいただけで、装束に焚《た》きしめられた甘い香りがむせかえる女たちの園だ。

「正后さま」

跳ねあがった感じに明るい声でそう呼ばれ、千古はそちらへと視線を向け――つかの間、動きを止めた。

――なんで、また。

宣耀殿《せんようでん》の明子姫が、千古と同じ色あわせの十二単衣《ひとえ》に身を包んでいた。上着に至るまで同じで、重ねていく色の順番もまったく同じ。だけどおそらく布地や模様は明子のほうがわずかに格下。

登花殿《とうかでん》の女官たちも一斉に顔色を変えてざわめいた。

「今日は明子のお贈りしたものではないのですね。明子の調えたものはあまりお気に召していただけないのでしょうか。……でも、それでも……同じ装束でお揃いになりましたね。私たちの気が合うということなのかしら。嬉《うれ》しゅうございます」

明子がそう言って「どうぞこちらに来てくださいませ」と両手をついて頭を下げる。お揃いの格好で隣に座るのはいくらなんでもと、千古は頭を抱えたくなった。どうやって断ればいいのか。

「姫さま、あちらにすでにご用意をしておりますの。どうぞお進みください」

明子の視界にさっと身体を差し入れて、成子が言う。そうすると宰相の君が「はい。円座も置いてございます。姫さまのお好きな毛皮も持って参ります」と言い張った。続くのは摂津の君で「黒貂《くろてん》と狸の両方を」といまにも走りだしそうな勢いだ。

ついでにいうと成子が声を発したそのときには、典侍《ないしのすけ》が音もなくさっと先回りして、明子のいるのとは別の場所にばたばたと几帳を立て巡らせて場所を作りあげていた。

「ありがとう。春ですのに毛皮なんて野暮なのはわかっていますが、どうしても手放せなくて。そこが私と明子さまの違いかしら。明子さまはきちんとしていらっしゃるのに、私は仕上げで台無しにしてしまう」

あなたのほうが素敵ですよと取りなしたが、明子は悲しげに眉《まゆ》を下げた。

「憧《あこが》れの正后さまと仲良く過ごしたくて、女官たちに探らせて同じものを作らせましたのに……お怒りになってしまったのですか？　ごめんなさい」

つられて千古も眉尻《まゆじり》を下げる。

「怒るなんていうことはなくてよ。嬉しいわ。そんな優しいことをこの宴の場でおっしゃっていただいて、気持ちも高揚いたします。この喜びを……そうね、ちゃんと伝えさせてね。掌侍《ないしのじょう》、私のいちばんうえの唐衣《からぎぬ》を脱がせてくださいますか」

「え?……はい」

とまどったが成子はすぐに千古に従った。少し濃いめに藍《あい》が立つ華やかな織物を脱ぐと、千古はそれを明子へと下げ渡す。

「嬉しいお言葉をくださった明子さまにこちらをお渡しするわ。かわりにあなたの唐衣をいただけますか」

断れはしないだろう。正后にその場で衣装を下げ渡されてしまえば。しかも建前としては「嬉しい言葉をくれたあなたを誉《ほ》めて、差しあげますね」というような贈り物かつ交換になる。

ただしここは、断るべきなのだ。なぜならかつてこんなふうに、着ている装束を宴の場で脱いで下げ渡した高位の者の逸話が残っているから。下げ渡した先は、宴に呼ばれた遊女である。それを知っているのなら、気づいて、きちんとしたことを歌に託して断らないと、笑われる。遊女扱いされたのだと怒ってしかるべきなので。

——ここは、そういう世界だ。

わかる人には、わかる。現に、蛍火《ほたるび》は楽しそうに目を細めているし、星宿《ほしやど》ははっと緊張した面持ちになり千古と明子を見比べた。

明子はというと困った顔のまま唐衣を受け取った。

受け取ってしまったのだ。

女官たちの手を借りて自分の唐衣を脱いで千古へと渡す。千古のものより少しだけ質が悪いそれを千古はその場で羽織ってみせた。これを着るのなら痛み分けだと千古は思っている。でも明子に、しっかりと恥をかかせ、釘《くぎ》を刺すことになったのだという自覚もある。

――私は、嫌な女だなあ。

「登花殿の者たちは私のために装束を調えてくれています。彼女たちこそが私を支えてくれて、私の良さを引きだしてくれるのよ。私は登花殿の女官たちのおかげで、ここにいる。宣耀殿の皆様も同じように明子さまのことを支えたいのではないかしら。慕ってくださるのは嬉しいけれど、私の真似はなさらないで。あなたにはあなたの良さがある」

そう告げて、千古はそのまま明子の前を通り過ぎた。

「姫さま……」

成子が悲しげに千古にだけ聞こえる声で、つぶやいた。成子も唐衣の意味はわかったのだろう。無駄に恥をかかせるなんてと、成子は心を痛めて、嘆く。自分がしたことでもないのに、千古に代わって悲しんで、反省までしてくれるのだ。

あなたがいるから私はやっていけるのよ――あなたたちがいるから。

成子や女官たちは、千古の外側にある善き心だ。優しさを彼女たちに託すことで、千古はとことん嫌な女になれる。そうしなければ心が崩れる。

そうやって、私は正后であろうとしている。

「うん。ごめん」

千古は小声で応じ、本当に気が利く女官たちでよかったよと、宰相の君が差し示した方へと向かったのだった。

帝のすぐ側の御簾の裏が、千古の座る場所だった。なにも言わずとも成子が千古のまわりに几帳を置いて、登花殿の女官たちからも距離を置いてくれた。少し気持ちが弱っていたから、成子とふたりだけでなにも言わずにいられることがありがたい。千古と成子は、昼は、部屋の女官たちにもできるだけ顔を隠して過ごしているから、いつもと同じことなのだけれど。

御簾を掲げて外を見る。

選《よ》り抜きの楽才たちが奏でる雅楽の調べにあわせて上流から盃《さかずき》の載った盆が流れてくる。向こうの石の陰で盃に酒を注いでいるのは蔵人たちだ。ひとりだけ水干姿《すいかん》が紛れているのは、今日の日が神事とされているからか。

盃が自分の前を過ぎるより先に和歌を詠み、盃を手にして酒を飲む。のんびりしているようでいて、忙《せわ》しない。和歌をしるした紙は、蔵人たちが受け取って帝のもとに運ぶ。宴の最後にすべてをあらためて詠み上げ、最上の一首を決めるのだ。

はじめのうちの歌を詠むのは下位の者たちだ。彼らの和歌を酒肴《しゅこう》にして、上位の男たちは会話を楽しみながら酒で喉《のど》を潤す。

盃が進むにつれ、男たちの顔が赤らんでいく。水菓子に馳走《ちそう》の載った盆が各々《おのおの》の前に運ばれ、女官たちもひそひそと囁《ささや》きながら、男たちの詠む声や和歌の出来映え、考え込む横顔を評し、眺めている。

いつのまにか典侍が千古の毛皮を持って、千古の膝《ひざ》へとかけてくれた。

「ありがとう」

そう声を返してから、特に楽しくもない宴を見守り続ける。近くにいる帝が御簾越しでも、相も変わらず退屈そうな顔をして、心の底からどうでもよさげにして座っているのにちょっとだけ笑う。

徐々に空の色が暗くなる。

日も暮れようという頃合いになり、やっとというふうに上位の貴族たちが腰を上げ、川沿いへと歩み寄る。

「姫さま。いま、預かりものが届きました」

いつのまにかいなくなり、そしてまたいつのまにか戻ってきた典侍が布で覆った鳥籠《とりかご》を運んで隣に座った。

「うん？」

「ちょっと目を離した隙に鳥籠ごと黒い猫に転がされ、逃がしはしなかったものの、鳥は気を失っているようです。いかがなさいますか。これを持ってきた蔵人《くろうど》は叱られるのが怖くなってかえってよけいなことをして籠から取りだして布にくるんだりしてしまったと」

「黒い猫？」

つぶやいて布を捲《まく》りあげ、鳥籠を覗《のぞ》き込む。ウグイスが白い布に包まれている。

千古は思わず手を差し入れ、布ごと取りだした。

あたたかい感触と柔らかさ。そして、小さな鼓動がとくとくと指先に伝わった。生きているのならこのまま静かに休ませておけば目覚めるだろう。安心し、また鳥籠に戻そうとした、そのときだ——。

宴《うたげ》の場——川縁《かわべり》で中腰になり、盃に手を出した男が「あ」と叫んで、後ろへとひっくり返った。

何事かと視線が集中するなかを、盆に載った盃が、ゆるゆると清涼殿へと近づいて来る。

「血じゃないか。どす黒い血が」

「動物の……死骸《しがい》だ」

男たちが流れゆく盃を覗き込むが、手に取ることはなく、むしろ退いたり、驚いて尻餅《しりもち》をついたりしている。悲鳴と動揺の声があちこちから響く。

朱塗りの大きな盃の底に、暗くくすんだ茶色がかった緑の塊が沈んでいる。

風が吹く。桜の花びらがさっと川面《かわも》に散っていく。花筏《はないかだ》の真ん中をゆらゆらと右に、左にと傾きながら、暗がりを沈殿させた盃が漂っている。

千古は自分の手にする布のなかの小さな鳥と、盃の底で固まったそれを見比べる。

——あれは、ウグイス。

そう思った。

だって同じ色だ。同じ大きさだ。手のひらに載っているこれと同じものが、盃の酒に浸されている。身動きすることなく横たわる鳥は、生きているのか、死んだのか。

「穢《けが》れだ。触れれば不吉。僧都《そうず》を呼べ」

「陰陽師《おんみょうじ》を」

騒ぎ出す男たちは誰も皆、及び腰だ。

視界の端で、帝がぐっと片膝を上げたのが見えた。

ああ、そういう男だと思考の片隅で千古は悟る。帝は穢れなど気にしない。呪いを笑い飛ばし、己の力で叩《たた》き切る。怖れを持たない若い男が身体で押さえつけようとするその無謀さは、だが、いまのこの場にはそぐわない。

帝は穢れてはならないのだ。まして曲水の宴は神事である。

帝があの盃を引き寄せた途端、この宴そのものが国への祟《たた》りと変わり、貴族たちが一斉に帝《みかど》へと牙《きば》を剝《む》くだろう。譲位すべしと帝に詰め寄るに足りる理由を、ここで作ってはならない。

——正后は、代替えができる。

でも主上は。

「典侍。——主上を止めて。成子、御簾《みす》を掲げて」

そう言って、千古は、成子が掲げた御簾をくぐり抜け——ウグイスを包んだ白い布を懐にそっと抱えたまま廂《ひさし》へと足を踏みだした。誰も千古を止めなかった。典侍は帝を止めて、成子は御簾を両手で掲げていたから。

「主上、この場は不浄でおりますゆえに、どうぞ早くに奥へといらしてくださいませ。これは呪詛《じゅそ》です。我が身に変えても、月薙の国の要《かなめ》でいらっしゃいますその龍《りゅう》の御身《おんみ》を穢すことはなりませぬ」

唱えながら、廂を乗り越えて、階段を下りる。

雑多な色を丁寧に重ねてあわせた十二単衣《ひとえ》の上に羽織っているのは黒貂の毛皮だ。白絹に緑、青、赤、黄色の山道の刺繡《ししゅう》を施した裳裾《もすそ》を後ろに長く引き、駆けていく。

呪詛だと言い張れば呪詛となる。それこそが言霊《ことだま》だ。

沓《くつ》も履かずに庭に降りた千古を、男たちが呆気《あっけ》に取られ凝視する。

彼らの目に自分がどう映るかなど、どうでもよかった。

川縁に膝をつき、桜色の花筏に取り囲まれた朱塗りの盃を引き寄せる。ちゃぷんと小さな水音がする。空はいつしか赤く焼け、さざ波は夕日を吸い込んできらきらと金色に輝いている。

掲げ持った盃の上、懐から取りだした白布をそっとかぶせた。

と――。

千古の手元で盃を覆う白布が、内側から膨れあがる。布の縁を軽く捲ると、ウグイスが盃の縁に爪でつかまり、小さく首を傾げて左右を眺めていた。

慌てたようにばたばたと羽ばたくウグイスに、千古はそうっと白布を引く。

盃の酒を吸った布が手に張りつく。重たいそれを柔らかく握りしめ、亡骸《なきがら》とおぼしきウグイスを包み込んで懐へとまた戻す。

そうしながら片手ですり替えたウグイスが立つ盃を空に掲げる。

誰かが「ああ」と感嘆の声を上げた。

「なんということだ。生き返った」

「さっきは血を流し死んでいたのに……」

黒くつぶらな目を瞬かせ、ウグイスは羽を広げ――空へと飛び立った。

後に知る。

このとき、千古は人の記憶のなかで、まごうことなき妖后《ようごう》へと化生したのだと。

時間は記憶の釉薬《ゆうやく》だ。人の伝聞もまた記憶の釉薬のひとつ。我が目で見たその光景は、月日とともに本来の色艶《いろつや》と別の味わいを持ち、変貌《へんぼう》していく。

人の記憶と伝聞を経て、これ以降、正后千古は生きる伝説となる。朱に金を混ぜた夕日の薄衣《うすぎぬ》を長くたなびかせ階段からふわりと舞い降りて、桜の花びらが散るうす桃色の川の流れにその細い手をのばしたのだと、見ていない者に至るまで、まことしやかにそう言った。

亡骸に白布をかぶせると、ウグイスは息を吹き返し、綺麗《きれい》な声で鳴きだした。それはそれは美しい鳴き声だったと、聞いてもいないのに皆は語った。

朱塗りの盃を空に差し向けると、彼女の姿が光輪に縁取られて輝き、ウグイスは首をのばし羽を広げたのだ、と。

「加護の力か」

「ありがたや。生きてこんな奇跡を見ようとは」

拝む形で両手を合わせ、誰かが言った。

ウグイスは朱金に染まる空へとまっすぐに飛翔《ひしょう》し、見上げる人びとの想いに応《こた》えるかのように、くるりと旋回する。

そして、その小さな姿は遠い彼方《かなた》の点となる。

「加護があったとするならば、それは主上の御物忌みの禊《みそ》ぎを共に成したがゆえでございます。加護のお力が私にもわずかながら宿ったのかもしれません。すべては主上のお力です」

千古も胸の前で手を合わせ「後のことは僧都さまと陰陽師の皆様に……ああ……私は……」と、息も絶え絶えにのけぞってつぶやき——そのままその場に崩れ落ち、気を失ってみせたのである。

もちろんそれもまた芝居だったが、それを見破る者はいなかった。

※

千古のウグイスの鳥籠を襲った黒い猫は、宣耀殿の猫だったようである。

弘徽殿のウグイスもまた千古の治療の後に庭先に出したところ、現れた黒猫が襲って咥《くわ》えて去ったのだとか。

調べてみたが、盃にウグイスの亡骸を放って流したのは水干姿の人物だった。蔵人たちは一様に「はじめて見る相手だった」と後に言った。神事だから水干姿で、誰かが気を利かせたのだろうと、気にもとめずに受け入れた、と。どの家も「そんな者を入れた記憶はない」と言い張り、その人物は騒動の後、行方をくらませてしまった。

そしてその後、すぐに宣耀殿から脱ぎ捨てられたままに置かれた水干《すいかん》のひと揃いが見つけられる。

その水干がどの部屋から受け渡されたのかを千古と蛍火と明子はそれぞれに知っている。

「弘徽殿にしては、わかりやすすぎるわ。たぶんこれって警告よね。藤壺の更衣を連れてきて、東宮を産ませて養子にする。その計画に乗らないなら次はもっと手ひどいことを、わからない形でやってみせるっていう……」

千古はひとり、吐き捨てる。

「あの雨夜の品定めは、堂々とした宣戦布告だったってことね。胸くそ悪いったら、ないわね!!」

なにが一番嫌かというと、蛍火の手筋なら自分にはだいたい読めてしまうところだ。

しかも今回は、これみよがしに出した尻尾《しっぽ》を、いま一歩のところで捕まえられない。千古が帝への想いや嫉妬《しっと》でおたついて、細かなところで手を抜いて、すべてが後手にまわってしまったから。

鬼の都に信濃の武家の姫、かつ、信濃は流人の地。

ふたつくらいなら偶然ですませる。三つ面倒そうなことが並んだら必然か、もしくは誰かが企《たくら》んでる。

——気づいてたのに、私、手を抜いた。

そうやっているうちに曖昧《あいまい》なまま、すべては時間の経過と互いの力の押し引きで決まってしまった。

陰陽師と僧都がさらに祓《はら》い、祈り、呪詛を仕掛けた相手を断定したが——。

「なんで信濃の鬼の都からの呪詛で黒猫が穢れを運んで、神事を汚したってことになるのよ。宣耀殿の水干を証拠にして暁上《きょうじょう》家に喧嘩《けんか》売らなかったのも、むかつくわ。それって結局〝後宮の女はみんな東宮を産ませるために置いておく〟って、私にだけは伝えてるってことよね」

おかげで、帝は鬼の都を退治することになってしまった。

ただの寺社詣《もう》での信濃いきだったはずなのに。

誰かがそういうふうに図を描き、そちらに向けて画策した。

それでも——誰が企んだにしろ曲水の宴《うたげ》は穢れではなく浄化をもたらし、天は帝を寿《ことほ》いだのだ。

そのように千古が力尽《ちからず》くで仕向けた。

「今回はこれで痛み分け」

と言いたいところだけれど、間違いなく千古たちのほうがより痛かった。

5

自分にも子ども時代はあったと、女は思う。

幼い日、まだ自分の身体は熱かった。駆けまわり、笑い、怒り、泣いて――ひとつひとつが光り輝いていたそんなときもあったように思う。思っているだけで、それもすべて嘘の記憶かもしれないが。

いつ自分は女になったのか。男に貫かれたそのときか。いや、違う。身体に命を芽生えさせ育《はぐく》んだときか。それも違う。腹にあったあの血肉を捨ててからか。それもまた違う気がする。

二度目に腹に灯《とも》った血肉に気づき、山伏のところに連れられて薬を塗った棒で内側をかき回されたときか。あるいは三度目のあの冬、凍りつきそうに冷たい川に全裸で飛び込んで自ら腹を棒で殴打したときか。

そのすべてがひとつに連なって、女の芯《しん》は、どんどん固く冷えていったのだ。

月日が過ぎて、子どもから娘に、そして女になって、男に抱かれるときだけは自分の肌はぬくまって火照る。ぬくくなるのは肌だけだ。それはそれで深い悦《よろこ》びにつながって、いくらでも悶《もだ》えることができるのだけれど。

そういう女に、自分は、なった。

肌はぬくまるが、燃え上がるような想いというのを、この年になっても女はまだ知らないでいる。

——だけどこの子は……獣の子。鬼の子だからと、外に出されてしまうのでしょう？

あの幼い日。

なにを感じてそうつぶやいたのか。もう怒りも悲しみも憎しみも忘れかけている。

いまとなっては、握りしめることのなかった小さな手を思いだすことはない。ないけれど、小さくて柔らかいものを間近に見ると、ふいに不可思議で曖昧な感情が女の心に去来する。あれがなにかはわからない。わかりたくもないし、もうわかることもない。

捨ててしまった鬼の子の手は握れなかった。

——だけどあの子は……獣の子。鬼の子なのだから、誰に守られずとも、自分ひとりでなにかを戦って勝ち取って生き延びているはずよ。

そう思うことしか、もう女には、術《すべ》がない。

※

曲水《ごくすい》の宴の翌朝は、すべてを祓い清めるがごとき慈雨を天がもたらした。柔らかく降り注ぐ雨は午後には晴れて、空に虹《にじ》がかかる。吉兆であると、内裏の外でも内でも、人びとは今上帝とその妖姫《ようき》の未来が明るく美しいものであることをささやきあっているようであった。

そして、方位と星を読む陰陽師《おんみょうじ》たちが今日の午後に帝《みかど》が信濃《しなの》に発《た》つのが吉であると定めたがゆえ、千古《ちふる》たちも慌ただしく旅の支度を整え——午後すぐに、牛車《ぎっしゃ》に揺られる男とそのまわりを固める兵たちの行幸の一行が旅立っていった。

彼らを見送るのは僧都《そうず》と陰陽師たちである。

陰陽師たちは禹歩《うほ》を刻んで九字を切り、僧都は数珠《じゅず》を携え読経する。その数は五十人を超え、ここまで揃うと、ありがたいというより禍々《まがまが》しい気がしてくるほどだ。

地を這《は》うがごとき読経の低音。鈴が鳴り、数珠が擦《こす》り合わさる音もする。

朱雀《すざく》門を越え、都から遠ざかる一行を、民びとたちが拝む背中が丸い。

その一方。

行幸の仰々しい一行が立ち去って少ししてから、こちらは目立たぬようにこそこそと朱雀門から出ていくふたり連れの姿があった。

「ありがたや。ありがたや。ありがたいけど、大丈夫なの？」

想念《そうねん》――小坊主姿になった千古が首を傾げて、そうつぶやく。

「ありがたいかどうかはわからんが、大丈夫だろう」

千古の隣で帝が言う。帝も己の身分を隠すために、普通の旅人へと姿を変えている。

「まさかここで秋長《あきなが》に帝の影武者になってもらって、行幸は行幸で勝手にやっといてくれって丸投げして自分は別行動になるとは思いもよらなかったよ。とんでもない帝さまでいらっしゃること」

「とんでもない正后に言われたくないな」

「ごもっとも」

先に出た行幸の牛車の中にいるのは、秋長なのだ。

着てはいけない禁色の装束に身を包み、高価な扇で顔を隠し、帝の影武者となっている。

かなり無茶なことをやっている。

「牛車や輿《こし》から長い時間出ない限りはばれなかろう。俺の顔をしっかりと見たことのある貴族の子息は、あのなかにはいない。なにせ秋長だからうまくやる」

いつのまにか秋長は帝にも信頼が厚くなっていた。でもそこは秋長なので、そうなってしまうのも仕方ない。なにせ秋長だから。

「道中さえ演じぬいて信濃の地に辿《たど》りつけば、あとは向こうでまたあなたと入れ替わるって？　ずいぶんとたちの悪い策を練ったもんだわね。よくそんな危ない役を秋長が引き受けてみせた」

ところで犬の捨丸《すてまる》には我慢強く説明し「長く長く待てだよ。帰ってくるまでずっと待てだ」と言い聞かせ、内裏の床下に置いてきた。捨丸がついてくると、千古の正体がばれてしまいそうなのと、馬に乗っていくのに犬は困るので。

「危ない役だから自分が引き受けるしかないと決めたんだろう。ちなみにおまえと成子《なりこ》を見ているうちに、影武者を使うことを思いついた。たちが悪いとしたら、おまえもそうだし——成子掌侍《ないしのじょう》も自分がやるしかないから危なくても引き受けているんだろうと思うがな」

「あ……流れ矢がこっちに飛んできて、刺されてしまった」

胸を押さえてみせた千古に、帝が横顔で小さく笑った。

「だが、よほどの覚悟がないと身代わりを引き受けてくれないことは俺でもわかる。万が一にでも見つかったら、あれは生きてはいられない。秋長には大きな借りができた」

「うん。でもね、秋長に借りを作ったことをあなたはすごく後悔するかもよ？　なにせ秋長はね、秋長だから。典侍《ないしのすけ》の息子で、私の乳母子《めのとご》よ？」

「その説明だけで伝わってくるものがあるな。面倒な相手に無茶な借りを作ったかもしれん」

帝が遠くへと視線を投げて、つぶやいた。

「どちらにしろ、いつかこの借りは返さなくてはな」

「そうね。なによりすべてが無事にすむことを願わなくちゃ」

「願うのではなく、そうするように動くだけだ」

そう言い捨てて、不敵に笑う。どれだけ傲岸《ごうがん》不遜《ふそん》な男なのかと、千古もつられて笑う。

そうして、顔のいい直垂《ひたたれ》姿の若者と、ぱっとしない小坊主ひとりは顔を見合わせてうなずきあって、馬に乗り、信濃へと向かう。

こちらは僧都にも陰陽師にも祈られず、たった二名の寺社巡りの出立だった。

牛車の通る道を避け、裏へ、裏へと辿《たど》って走る。うまく行幸の列を避けて行き過ぎて、後に誰もついてこないのを確認してから、それぞれに馬の速度を落とす。互いに合図をしなくても勝手に連携が取れている。そういうところは千古と帝は、気が合った。

千古は帝の隣に並び、ぽつりと言った。

「だけど、よかったね。昨日の曲水の宴でけちがついて、あなたが穢《けが》れであるみたいなことにならなくて」

「昨日の曲水の宴が神がかっていたからな。正后はいつのまにか妖后《ようごう》になっていたし、俺は間一髪で穢れから遠ざけられた清い帝ということになった。しかも朝には禊《みそ》ぎの雨で、空には虹だ。なんていうか……おまえは、すごいな」

しみじみと言われ、千古は乾いた笑いと共に首をすくめる。

「すごかったね。私、持ってる。とにかく生きてるものと取り替えて、あとはごまかせってそれだけだったのよ。それに関しては自信があった。たまたまだけど、ちょうど自分の手元に気絶したウグイスがあったという偶然含めて、流れは私たちに来ていたの。ただ、まさかあそこでウグイスが意識を取り戻して、飛び立つとは思いもしなかった」

さすがにあれは「すごい」と自分ですら思った。こんな仕掛けを天が配剤しようとは。

「持ってるって……。そういう思い込みはやめておけ。うまくいったから良かったが、失敗したらおまえの立場を危うくするぞ？」

帝が呆《あき》れた顔になる。

「わかってる」

千古だって本来ならば、そういうものは信じない。ウグイスが飛ぶとは思わなかったが、飛ばないときは飛ばないなりに勝算があったからああして動いたのだ。

「……俺は奇跡は信じない。信じないが、秋長が、おまえについて言った話は信じている」

「秋長が私について？」

「おまえは、たしかになにかを〝持って〟いるんだってな。持ってるというより、秋長いわく〝運び込む〟。次から次へと騒動を引き入れる。いろんなところに好奇心で首を突っ込むから、そうなるんだろうと嘆いていたぞ」

「あなたにそれを言われるの納得いかないし、私のいないところで私について秋長とそんなこと言われてるの、ちょっとどうなのって」

帝なのに変装をして馬に乗って自分で調査にいくような、そんな男に。

影武者の帝を牛車に乗せて、盛大に送りだした後に、信濃の地でまた何事もなかったかのように入れ替わろうとする男に。

おまけに帝に命じられたからといったって、素直にその策に乗っかって、帝の身代わりをつとめて牛車に乗って禊ぎの旅に出てしまったような男とふたりで。

語りあわれた結果を言われても!!

「これを言ったのは、俺じゃなくて秋長だ」

「だからふたりでそういう話をしていること自体がさ……。だいたい主上《しゅじょう》も主上だし、秋長なんて秋長なんだし？」

口を尖《とが》らせて訴えて、千古は馬の手綱を捌《さば》いて帝より先に走りだした。


そんなふうに益体もないことを語りながら、ふたりきりの旅の初日——。

寺社巡りの祈念の旅ならば徒歩で詣《もう》でるのが正しいのだろう。それを「変装をして馬を使って」出かけるのだから、なにもかもが無謀で埒外《らちがい》であった。

暗くなる前に、打ち捨てられた手入れをされていない無人の寺を見つけだす。

屋根が落ち、壁も穴が開いている。馬の世話をしてから木にくくりつけ、次に千古は寺の補修を行った。仮にも小坊主姿なのだからそれくらいしても罰は当たらない。

「雨降りのときならまだしも、晴れているのに屋根を直す必要があるのか。世話になるのは一泊だけだろうに」

帝が眉《まゆ》を顰《ひそ》めてそう言ったのに、

「雨降りで困って雨宿りしようってときは、雨や雷で、補修なんてできやしないわよ。晴れてるときに私が直しとけば、別の誰かがここに来たときに役に立つ。巡り巡っていつかまた私がここに泊まるとき、きっといい具合になってるはずだと思わない？」

と応じる。

「おまえはたまに、わけがわからない」

帝は首を傾げたけれど、それ以上の文句は言わずに木切れを探し、手伝ってくれた。適当な木切れなんてそのへんに落ちているわけもなく、床の一部を引き剝《は》がし、屋根に載せただけなのであったが。

寝る前に千古がおそらくかつては仏像があったと思われる場所を拝むと、千古の隣で帝も同じに手を合わせていた。

神頼みはしないが、神や仏を軽んじているというわけではないようである。それはまた千古も同じだ。

補修に関しては、いまやっておけば、いずれ誰かの役に立つ。

さらに、現状、千古たちの行動は、帝の行幸というよりは盗賊や逃亡者の移動に近い。祈念くらいしておかないと、誰かに見咎《みとが》められたときに胡散臭《うさんくさ》すぎてかなわない。

というはじめての夜――。

寝ようとして床に転がると、外で馬が鳴いた。

がばっと身体を起こした千古に、帝が「しっ」と静かにしろと合図を寄越す。刀を手にしじりじりと壁に寄り外の気配を探る。もとよりこの寺は壁や床が剝がれ落ち、すかすかだ。

外の様子はよく見える。逆にいえば——外からこち側もよく見えるはず。

月が空に、高い。

なにかあったときに補佐できるようにと、千古は帝《みかど》の反対の側へと進もうとした。が、帝は千古の肩を、ぐっと摑《つか》んで自分の後ろへと下がらせる。

「いい馬じゃねぇか。馬がいるってぇことは寺んなかに誰かいるな」

無頼な身なりの男たちが刀を提げて、大声で話しながら千古たちが隠れている寺に近づいてきた。

「ここにいろ」

帝がひと言、そう告げた。

反論の隙すら与えない。いった途端に帝は外へと飛び出ていく。切りかかってきた男の刀を、自分の刀で受け止める。かきんという小気味いい音をさせてはね返すと、男の手から刀が飛んだ。

「祈念の旅だ。殺生はできれば避けたい。殺されたくなくば失《う》せろ」

帝の言葉に男たちがざわっと色めきたった。

「うるせぇ」

罵声《ばせい》と共に、別の男が帝の背中に刀を振りかざす。帝は後ろにも目がついているかのように、振り向きもせずさらっと避《よ》けた。

あとはもうなにがなんだかわからない。一斉に帝に襲いかかり、そのすべてを躱《かわ》したうえで帝は男たちの刀をすべてはね返し、地面に落とした。

気づけば、冴《さ》え冴えとした月の光に照らされて、立っているのは帝ひとりきり。

帝が発する殺気が、覗《のぞ》き見ている千古の肌をぴりぴりとざわつかせる。力量の差を思い知ったのか、刀を失って地面にのされた男たちの闘気は消え失せていた。

──鬼のように、強い。

「もう一度、言うぞ。殺されたくなくば、失せろ」

三度目はいらなかった。男たちは怖々と後ずさり、一目散に去っていった。

「ひと思いに切ったほうがらくだ。刃《やいば》を合わせると、どうしても刃が欠ける。いい刀なのにもったいない」

ぶつぶつと言いながら帝が寺へと戻ってきた。

千古の手助けなんて必要はない。

ないのだけれど──。

「あのね……あなたのほうが私より大事な身体だっていうのわかってる？　そりゃああなたは強いから、私をかばう形になるのは仕方ないにしてもさ……自分の身体も大事にしようって思ってよ」

思わず千古は声を荒らげた。

「おまえだって正后だろうが。どっちが大事なんて区別はないぞ。どちらも大事だ」

帝が呆れた顔で返してきて――刀を鞘《さや》に戻すと、なおも詰《なじ》ろうとした千古を大きな胸のなかに抱きとめた。

「な……」

そして、そのまま抱きしめた千古ごと、床に転がった。

床板が抜け落ちた廃寺の、床面積はそもそもが小さい。下手に動くと落下する。暴れることもできず千古はひゅっと息を呑《の》む。

「な……にして……あの……」

いきなり抱きすくめて、寝転がるなんて、なんていうことだ。耳の先まで熱くなる。

「追い払ったが殺《あや》めてないから仲間を連れて戻ってくるかもな。面倒くさいから、こうしていよう」

「意味がわかんないんですが……？」

「今夜だけじゃなく、おまえ、これから信濃までの夜はこうやって眠れ。夜はまだまだ冷えるからな。こうしているとあたたかくて、よく眠れる」

「面倒くさいって、なにが……？」

「守るとか、守られるとか、そういうのが面倒だ。どっちがどっちをかばうでもなく、誰かがきたら一緒に守れるように、俺にぴたっとくっついていろよ」

「こんな……こんな格好で眠れないってば」

そういう話ではなかったのだが——動揺して、他のことを言い返せない。

がっしりとした厚い胸板。大きな力。包み込むようにして抱き込まれると、相手の匂いがものすごく近い。不快ではないが、馴染《なじ》みのあるものとも少し違う。いつもの爽《さわ》やかな甘い香の匂いだけではなく、一日を外で過ごした彼自身の匂いが混じっているからだ。

「いやがるなよ。これ以上のことはなにもしないから、安心して抱きしめられていろ」

「当たり前よっ。これ以上のことなんて、させないわよっ」

「……させてくれても、いいのにな」

耳元でささやかれ、ぞくっと背中が震えた。とんでもないことを、とんでもない場所で、とんでもない言い方でささやくな、と思う。これ以上なにかされたり言われたりしたら、問答無用で帝の腹に肘《ひじ》をめり込ませて、腕をすり抜けて振り向きざまに顎《あご》を拳《こぶし》で下から殴りつけてやると身構える。

が——。

「立場なんて関係なく、命はみんな同じに大事だ。そういうことをおまえはちゃんと知ってるじゃないか。そういう女だから、俺はおまえが正后になってくれてよかったと思っている。だから、この旅のあいだは側にいろ。ふたりきりでこういう夜を——なんなら朝も、昼も——過ごせることは、もうこれからはないのかもしれないぞ」

思い詰めたような声で帝が言うから、つい聞き入ってしまった。

「でも……命はみんな同じに大事だけど、大きなことをできる命があって、小さなことすらできない命があることも知っている。だから、やっぱり、あなたのほうが私より大事よ」

「そうやって、俺がおまえを大切だって思ってる気持ちを無下にするな。掌侍《ないしのじょう》もきっとそう言う。おまえは人の命は大事にしても、自分の命を粗末にしがちだ」

自分の命を粗末にしがち——それはずっと千古が帝に感じていたことだった。思わず千古は言い返す。

「あなたのほうがそうじゃない？　命を粗末にしがちで、短く太く、明日のぶんまで燃やして生きてくみたいな——やぶれかぶれみたいな——そっちこそ大事にしてよ!!」

「ひどい言われようだなあ。だったら俺たちは似た者同士だ」

「似て……るところもあるのかもしれないけどさ」

「おまえが俺のことを心配してくれる言葉は、いまの俺はありがたく受け止めている」

「いまのあなたは、って……？」

千古は息を潜めて、そうっと聞き返す。

「一年以上前の俺だったら、おまえとこんなふうに旅に出たりはしていない。秋長に身代わりを頼んだりもしない」

大きな手で千古の髪を優しく撫《な》でる。伝わってくるぬくもりと、抱きしめる腕の力の強さに、胸の内側でなにかが勝手に跳ねている。小さな鳥が身体の内側でぱたぱたと羽ばたきかけているみたいだった。くすぐったいような陶酔が身体を満たす。

「おまえになにかがあったら、俺は掌侍にも典侍《ないしのすけ》にも秋長にも犬の捨丸にも申し訳が立たない」

「猫の命婦《みょうぶ》は？」

「命婦はおまえより俺のほうが好きだから」

「えーっ」

そこは言い張るのか。

笑ってしまったついでに、なにげなく顔を上げた。

――近いっ。

帝の手のひらが千古の頬にそっと触れる。顎を摑んで引き寄せて、近づいてきた唇が、千古のそれに一瞬だけ重なった。

「…………っ!?」

「すまん。悪かった。なにもしないって言ったのに、やらかしてしまったな」

「やらかしたって……」

それでも嫌な気はしないのだ。むしろ、甘い心地にとらわれる。

「これ以上はもうしない。だけど触れたかった。触れたかったから、そうした」

「……うん」

帝は千古の頭に手を置いて、自分の胸元にもっと深く抱き込んだ。千古はされるがままに帝の胸に顔を埋《うず》める。

大きな身体をぎゅっと丸めて、帝が千古を全身で抱擁する。抱きしめているというより、しがみついているみたいだった。図体《ずうたい》ばかりが大きくなって、帝はまだまだ子どもみたいだと、ちょっとだけ思う。

それを言うなら千古も千古で、やっぱり子どもなのだけれど。触れられることにも、触れることにも不慣れすぎて、緊張して全身がちがちに硬い。笑ってしまうくらい余裕がないのに、寄り添っているそれだけで、ふわふわと不思議に幸福なのだった。

「鬼退治と言われても、退治すべき鬼は信濃にも、たぶんいない」

「でしょうね」

「だから、事前に郡司と国司の不正を調べる。税をごまかしていると確認できれば、あとはそれをもとに取り引きをしようと思う。まず現地で追加の税を取りたてる。帰りに俺が自分で都に運ぶ」

「それから、後宮の藤壺《ふじつぼ》に、信濃の武家姫を入れろと命じる。悪い取り引きではないから、うなずくはずだ。何人かいる候補の、どの姫にするかは俺次第だ。信濃に来たのは鬼の都の調査もあるが、姫と家を探る目的もあった。ただし、まわりがなにを言おうとも——東宮は産ませないし、俺はどの姫にも触らない」

「うん」

ここでそれを言うのかと思いながら、千古は帝の言葉に耳を澄ませた。

「うん。まあ……触ってるけどね、いま、私に」

胸の奥の柔らかく疼《うず》いていた部分が、今度はちくちくと痛みだす。想像していたより、つらい感じ。

「この程度は触っているうちに入らない」

「この程度？　この程度!?」

「おい。二度も言うな。可愛いだろう」

「……っ？」

「おまえ……本当にこういうのだけは不慣れなんだな。他のどんなときより緊張してるのが伝わってくる」

「うるさい……っ」

帝《みかど》がくすくすと笑った。余裕を見せられると、苛《いら》つくなあと思う。

「武家の姫の話を聞いても驚かないし、質問しないってことは、事前に知ってたんだろう？　おまえだからなあ」

「うん。知ってた」

「信濃におまえを連れてこないほうがよかったのかどうかは、いまでも正解はわからないままだ」

「今回は連れてきてくれてよかったかな。でも次があるなら、そのときは――私になにも言わなくてもいいのかも」

帝は「そうか」と小声で言った。

「……今日はこの話はここまででやめておこう。おまえが、とてもあったかいから、それだけ感じて寝ていたい。さっきの奴らが仲間を連れてこないといいがなあ」

ふとつぶやいた帝の言葉に、千古は「暢気《のんき》なこと言って」とそう応じた。

千古のことをあたたかいという帝の体温も、あたたかい。いや、熱い。いままで千古が知らないでいた熱がある。どちらがどちらの熱か、抱きあうだけで溶けて混じりあっていく。

「来たら次は殺すしかないから、来ないことを祈ろう」

「物騒だなっ」

「……こんなふうにずっとふたりでいられたら、他のことは考えなくてすむのにな。帝と正后であるってことはなんだか本当に面倒くさいな」

「あなた、なんでも面倒っていうから」

自分を抱きしめる帝の腕にそっと触れ、千古は静かに目を閉じる。どきどきと脈打つ心臓の音を気取られるのが恥ずかしい。

自分は帝が〝帝〟じゃなくても好きになったのかもしれない。ときどきひどく素直で、子どもみたいになってしまう、傲岸不遜《ごうがんふそん》なこの男の不器用な優しさを愛《いと》おしく思う。

「うん」

この数日、都で過ごしているときよりも、帝も千古も妙に活《い》き活きしている。

それはもう嫌になるくらいにと、千古は思う。

なにもかもをかなぐり捨てて、気楽に流離《さすら》って生きていけるなら――少なくとも帝も自分も、わりと幸せなんじゃなかろうかと思っていたのだ。

もちろんすべては世迷《よま》い言で、決して口に出してはならない思いだと千古はその思いを舌の上にはのぼらせなかったのに、帝はうっかり口にする。

でも自分たちはお互いに――ずっとふたりで過ごす日々を選択はしない。

わかっているから、千古は帝に黙って抱きすくめられることにした。信濃につくまでのあいだ、自分と帝はただの「ふたりぼっち」の野良でいる。それでいい。

触れあった唇の感触が、まだ淡く残っている気がして、泣きたくなった。

旅立ってから十日ほどの日が過ぎた。

空に向かってすくすくと立つ杉林のあいだを抜けていく。通り過ぎる風からも健やかさが感じられる心地好《よ》い春である。

いよいよ信濃の地に辿《たど》りつく。

まず村に寄って馬を一頭、食べ物と交換した。貧しい村ならば思案したが、ここは豊かな村だった。馬たちは充分に飼い葉をもらい、手入れされて、毛づやもよい。

千古はいままで都の側で、貧しい暮らしをする村里ばかりを見てきていた。それがどういうことだろう。信濃の村里は活気に溢《あふ》れている。もちろん都の貴族たちのような贅《ぜい》を尽くした暮らしではない。が、食べ物と水があり、人びとには笑顔があった。それだけでもう充分だった。

建てられた家は藁葺《わらぶ》きの粗末なものだが、補修が必要な家屋はひとつとしてない。男手がたっぷりあるものだから、あちこちで槌《つち》の音が響き渡る。朝になれば女たちが水を汲《く》み、大声で話し、笑いあいながら炊事をはじめる。

人の出入りもよくあるようで、よそ者の千古たちを警戒もせず「旅の人かい」「うちには商売のことで都から人がよく来るんだよ」と朗らかだ。

詳しく聞くと、この近くに鉄山があるからのようである。山に籠《こ》もった屈強な鍛冶《かじ》の男たちがたまに村に下りてきて、武器や防具を村に卸しているらしい。

「山にいるのは、山伏と鍛冶の一族か。そこと商売をしているってのは、すごい話だ。山人は、都でだけじゃなく俺の暮らした漁村でも〝人にあらず〟の扱いだった」

話を聞いた帝がしみじみ感心した。

「人じゃないってことは……」

——鬼だ。

やはりここは鬼の地だ。

けれどとても豊かな鬼の地なのだ。

——都に近いと豊かさを見逃さず吸い上げられてしまうのに、ここだと国司や郡司に媚《び》薬《やく》を嗅《か》がせればすり抜けられて、手元に多くを残せるっていうのもあるのでしょうね。

なるほど豊かな土地の地方役人に任じられると一財産を築けるのだと都で言われていた理由が、わかる。

千古と帝は、世間話をして噂を集めてまわった。言われていることはどれも都で聞いたものと、似たり寄ったりだった。

国司や郡司の評判も聞き、源氏の武家の一族についても聞いた。よそ者が根掘り葉掘り質問をすると不審がられるから、適当なところで引き下がる。

「蔵に、ものがたっぷりある。こんな村里は俺ははじめて見た。そうはいっても——俺が知っている村なんて自分が暮らした漁村と、そのまわりだけだからなあ」

とはいえふたりともに内心で考えている。

帝が、民の疲弊をみかねて税の徴収をやめたのは、この間の一度だけ。その一回でここまで蔵が豊かになるはずはない。

国司の屋敷を守護しているのは源氏の武家一族だという。そして郡司は、源氏の本家がつとめている。

「国司の評判もよければ、郡司もいい。両者が、とてもうまく嚙《か》み合って過ごしてるみたいね。一方、帝や都の貴族についてはなんの関心もないのよね」

「たしかになあ、俺も地方で暮らしていたときは、帝のことなどどうでもよかった。日々の暮らしで精一杯で、帝や貴族には憎しみすらも湧かなかったからな」

なるほど、こんなふうに——鬼は生まれていくのだ、と。

帝が小さくひとりごちる。

「なりたくて鬼になるわけでもなく、ただ、暮らしていこうとするだけなんだな。俺も昔はこちら側だった」

ぽつりとつぶやく声に、千古はすぐに返事をできずにいる。ひとつ息を吞《の》み込んでから、固まった想いを口にする。

「私は生まれたときから貴族だった。でもこの国で、女と子どもは〝人〟じゃない。私は、人として扱われたことはなかったわ」

「俺はおまえを人として扱ってきたつもりだぞ」

「うん。そうだった」

　村を出て、残った馬一頭を引きながら、帝と千古はしばらく無言で歩き続ける。

　黙っているのが気詰まりになった頃合いで、千古は自分から姫の話題をだすことにした。そうしないと帝も言いづらいだろうと思ったからだ。

「年頃のちょうどいい源氏の姫は三人なのね。〝一番美しいのは鬼姫さまだ〟って言われたけど。その姫だけは、養子らしいわね」

　姫の噂も聞いたのだ。

　武家一族に、本家と分家で姫が三人。

　何人もの女を側に置いて子をなすのは、都も、ここも同じらしい。

「顔はどうでもいい。条件は、四家のどの大臣にも与《くみ》しない男が父親なことだ。それで本人が、内裏の他の姫たちに〝負けないが、勝たない〟機微を持てるような女だと、よりありがたいな」

「難しいよ、それ」

などと言い合うときに胸に小さな棘《とげ》が刺さる。それでも我慢できない痛みではない。

「聞いたなかでは鬼姫とやらが、俺の条件には合う気がするが」

鬼姫については、ろくな話が出てこなかった。

幼い時分からまわりの大人たちを手のひらの上で転がして、いろんなものを貢がせてきたという。やることなすこと破天荒で、誰も彼女を制御することはできないままに裳着《もぎ》を済ませたのだとか。武家の姫なのに、屋敷の盗みに入った盗人《ぬすっと》たちと通じあい、いつのまにか外れ者の男たちを手足に使うようになったとか。

都まで流れてきた噂だけでは、男の手足を噛みちぎって屠《ほふ》るあやしい鬼女と聞こえたが、とどのつまりは「人」である。たいていの鬼は、突き詰めてしまえば、みんな「人」だ。

「聞いた話のなかだと最低の悪女だったけど、同じ話、聞いてた？　大丈夫？　あなた前から思ってたけど女性の趣味があまりよろしくないようね？」

「おまえが言うか？」

言われた返事は聞かないふりをする。わかりやすい感じに話題を変える。

「鬼姫もそうだけど――鬼の都ってのも、おとぎ話みたいなものよね。流刑地に流された貴人が、都を忘れかねて、信濃にも内裏を作ってみせた。その貴人が亡くなったあとも大内裏と内裏がここに残っている。〝写しの都〟と称されて、けれど手入れをする者はもういなく――いつしか鬼の棲まいになっている……じゃあその鬼は実質なにか悪いことをしているのって聞くと、特になにもしていない」

鬼の都についても、そういう話のようである。

「むしろ自給自足の慎ましい暮らしぶりだ。誰を襲うわけでもないし、誰かに税を取りたてられることもない。みんなで睦《むつ》まじく暮らしているっていうのなら、それはまさしく理想じゃないか」

帝が唸《うな》った。

「理想よね」

「理想だな。だが都に刃向かうようになれば、表向きは退治しなくてはなるまいよ。せめて税だけでも取りたてていかないと。理想の暮らしをしているから良しと見過ごせば、どの里でもそれがまかり通ることになる。それをやられたら国が瓦解《がかい》する。そうなるとどれだけ理想の暮らしでも俺にとってはやっぱり鬼だ。鬼の都だ」

「表向きっていうことは、裏はあるの？」

「できるなら裏にも道を作りたい。いや、裏ではなく、先を作りたいんだ。自分たちのことだけにかまけた貴族たちだけの政もいずれ終わる。終わらせたいと俺は最近そう思っている。どれだけ年月がかかるかは、わからない。きっと都はなくなり、いまの国の形は潰《つい》えるだろう。でも、そのときはむしろいまは鬼である側が、人になるんだ」

「いまは鬼である側が、人に？　じゃああなたは、なにになるの？」

「俺も貴族もみんな人さ。人しかいないそんな国に……というのは、戯言《ざれごと》かもしれないな。理想の話だ」

話しすぎたかと、帝《みかど》がどういうわけかちょっとだけ頬を赤らめた。

遠い理想を語るとき、どうして人は頬を染めるのか。恥ずかしいことをしでかしたみたいに、うつむくのか。その表情には千古も覚えがある。下手なことを言って鼻で嗤《わら》われるのではと身構えたことが何度もある。

そんな自分を、典侍《ないしのすけ》や掌侍《ないしのじょう》が支えてくれた。

だから千古は、帝の背中を勢いよく叩《たた》いた。撫《な》でたり、柔らかく叩いたりするのではこの気持ちは伝わらない。全力で同意して、全力で応援し、支えてやりたいと伝えたかった。

「いいじゃない。あなたならきっと、やり遂げる。手伝うよ？」

「……痛いな。なんでそんなに力いっぱい叩くんだ」

帝が眉尻《まゆじり》を下げて文句を言うから、さらに叩いた。ばんばんばんと三度目くらいで「いい加減にしろ」と怒られた。

理想や夢を語れなくなった者たちを、千古は、おそらくそんなに好きにはなれない。

「とりあえず源氏の姫を入内《じゅだい》させるなら、信濃の鬼はあなたの傘下になるのよね。そういう話は入内後に詰めていきましょう。戦わずしての討伐ができるなら、それがなにより」

「それがいちばん難しいけどな。戦って勝ち取るのならわかりやすいが……戻ってからまた書類の山と格闘し、ない知恵を絞るさ」

必要な情報は聞き終えた――と思う。

あとは実際に「帝として」会って詳細を問い質《ただ》し、命じるだけだ。

「村の噂は集めたわね。それで、次にあなたが先に話を聞くとしたら国司？　郡司？」

国司は、都から派遣された貴族がなる役職だ。そして国司のもとで、実権を握って采配《さいはい》を振るうのが地方の豪族から取りたてられた郡司である。立場が上なのは国司だが、実情を知っているのは郡司のほうだろう。

「普通なら、立場の強いほうに先にいく。国司を先にするほうが角は立たないな。でも、俺は、源氏の姫のことをよく知っている者と先に会いたい」

「だったら源氏の本家だという、郡司が先ね」

おおまかに見当をつけ――あとは秋長と交代をすればいい。

6

ここは写しの都である。

雪の積もった白い山が薄汚れた茶に変わり、風が吹く。

かつて罪びとたちが流され移り住んでいた、鄙《ひな》びた山奥にもやっと春が訪れる。

山の下から順繰りに梅の花が咲いていく様子は見事なものだ。上へ、上へと、華やいだ桃色の花弁が山を染め――梅の次には桜の蕾《つぼみ》が膨らんで春を彩る。


山間《やまあい》を行き過ぎると開墾された土地が開け、そこには鄙の地とは思えぬ夢まぼろしのごとき光景が広がっている。

月薙国《げつていこく》の都に似た、綺麗《きれい》に区切られた道がある。通りの名もまた、一条《いちじょう》、二条《にじょう》と、都と同じ。立派な造りの門も建てられ、それの名前もまた、都の門と同じ名で呼ばれている。

ここは、都を追われ、もう二度と彼の地に帰ることの叶《かな》わぬ罪びとたちが、己の心を慰めるために造った模倣の都。高価な調度品に、美しい装束。さまざまなものを苦労して運び込み、罪びとたちは幻の都を飾りつけた。

月華門《げっかもん》のひとつをくぐり抜けると、そこには都と同じ内裏がある。

びょうびょうと音をさせて風が吹く。
あやしき写しの内裏の奥――春嵐の強い風が吹きすさぶただなかで、ひとりの女が庭をそぞろ歩いている。

裳着をすませたばかりの、若く、美しい女だ。涼しげな切れ長の目が艶《つや》やかで、まだ幼さを残しているのにも拘《かかわ》らず、匂うような女の色気が滲《にじ》んでいる。月を砕いてまぶしたかのようにうっすらと輝いて見える白い肌。紅を差さずとも赤く色づく形のいい唇が言葉を紡ぐ。

「春は嫌い。まぶしいから」

冷たく凜《りん》とした響きである。

幾つにも重ねた色とりどりの装束は、季節はずれの紅葉の襲《かさね》だ。あまりにも赤すぎる。あまりにも鮮やかすぎる。けれど彼女はその紅葉の襲を見事なくらい着こなしている。裳裾《もすそ》を長く引いて庭を歩く姿は、焰《ほのお》が命を得て燃えさかるがままに漂っているようにも見えて、幻想的で美しい。

女は沓《くつ》を脱ぎ捨て、庭から、透廊《すいろう》へと上がる。

無人の渡殿を歩く彼女は、勝手気ままだ。そして彼女の見渡す庭もまた、自由気ままなものだった。

この庭は、本当ならば春が見ごろだ。人の手を入れればさぞや絢爛《けんらん》な美しさとなるのだろう。しかし荒れ果てた庭に、彼女は独特の風情を見いだす。

「誰に助けられなくても――誰に手入れをされなかろうとも美しいものは美しいのよ」

梅も桜も野放図に、風と光に寄り添うような形で枝をすくすくとのばし、芽吹いている。それを美しくないとは誰にも言わせないと、彼女は思う。

「夏も嫌いだわ。まぶし過ぎるもの」

つぶやいて渡殿を進む。

無造作に懐に手を入れる。そのなかに携えているのは綿の布で作られた守り袋だ。かつて赤子だった彼女は、その守り袋を添えられて、谷底に捨てられていたのだと聞いた。彼女を拾い上げ育ててくれたのは、この写しの都を造りだすことに腐心した流された罪びとたちのひとりである。

「秋は好き。あたしの季節。野分《のわけ》の風が吹き荒れて、稲妻が空に光るわ」

天候が荒れると悦《よろこ》び、庭に出て走りまわる彼女のことを、育ての親たちはいつも持てあましていた。どうして彼らが自分を育ててくれたのかを、彼女は知らない。どうでもいい。

そういえば——いつか役に立てるためにと、誰かに言われた気もしたが。

都の作法や教養とされるものを「いつか」のためにと教わった気もしたが。

ある日、山歩きをし流れついた武の者どもが写しの都に辿《たど》りつく。

彼らのような野蛮な武の者たちは、貴人たちには鬼にしか見えなかったようである。

『鬼が来た』

誰かが叫んだ。

写しの都の貴人たちは、次々に鬼の手に倒れ、生き残った者たちは逃げていく。

まだ幼かった彼女は屋敷に置き去りにされ、今度は鬼たちに拾われた。

鬼に刃《やいば》を向けられたとき、彼女は鬼に刃向かった。その足に喰《く》らいつき、小さな爪を突き立てた。獣みたいに吠《ほ》え、手足を振り回して暴れていたら、大きな鬼が彼女の首ねっこを押さえつけ、ひょいとつるし上げて笑って言った。

『おもしろい。おまえは、どうやら、俺たちの仲間だ』

宙づりにされてもまだ暴れる彼女を鬼は大きな腕で抱え、鬼の仲間たちのもとに連れ帰った。

鬼が源氏の武家だと知ったのは、後のこと。郡司の地方役人と国司が手を組んで、秘密裏に行った、地方の反乱であったことを知ったのも後のこと。

入れ代わりに来た次の国司も、その次の国司も——欲に駆られて信濃の地では鬼となった。

なにもかもが都には伝わらず、鬼の都と鬼の里が栄えていく。

鬼たちは、彼女を取って喰いはしなかった。

懐に入れて、鬼として、育てた。

『おまえは美しい。いつか役に立つことがあるだろうから』

誰かが言って、彼女はそこで、捨て置かれ、最小限の使用人と共にぼろぼろの屋敷で暮らすことになる。


いつか——が「いつ」かはわからないまま過ぎた、いま。

写しの内裏、四殿五舎を設けたこの後宮に棲まう女は彼女ただひとり。

女は紅葉《もみじ》の名をもらい、この写しの都の後宮に棲まう、鬼の姫である。

※

行幸の一行を待ち受けて、想念姿《そうねん》の千古《ちふる》が、わざと道ばたで店を開いた。売るものは、唯一、どこにでも大事に持ち歩いている薬草のひと揃いだ。

おおよその行程は事前に打ち合わせているので、どの道を通るかは知っている。日数に応じてどれくらい進んでいるかも把握できる。

すぐに帝の先触れの者が走りまわって、道ばたに溜《た》まる人びとを蹴散《けち》らしはじめた。

「今上帝の行幸である。穢《けが》れあるものはとっとと去《い》ね！　筵《むしろ》を敷いてなにを売っている？　邪魔である。退《ど》けてしまえ!!」

千古は、兵より先に筵を手にし、ひっくり返されないようにと上にのった薬草ごとくるっと丸める。

「なんとありがたいことでしょう。こんな場所で今上帝と巡り会おうとは」

こんな場所もなにも、待ち伏せである。

わざとらしく声を上げると、兵がきっと千古を睨《にら》みつけた。叩き切りそうな勢いで、腰に提げた刀に手をかけて近づいてくる。やたらに血気盛んな兵だった。

――なんでこんな武闘派を行幸につけた？

これは道中の村里で、さぞや帝の評判も下がりまくったことだろうと、嘆息が零《こぼ》れた。

誰がこの兵を選んだのだ、無能め、と思ったけれど――そういえば人選の半分くらいは帝が自分で行い、残りの半分は大臣たちが決めたはず。荒くれ者がどちらの半分の用命なのかは、わからない。

それに帝《みかど》を守護する意味もあるのだから、武闘派であってもいいのか。

「私の師の想見《そうけん》は都でこの春に内供奉《ないぐぶ》を任じられました。私も修行中の身の上ではありますが帝さまに声をかけていただいたことのある果報者にございます。これを、帝さまに」

干したドクダミを捧《ささ》げ持って頭を下げる。兵はさらに目をつり上げて「干した草なんて主上《しゅじょう》に渡せるか」と手を上げた。

内供奉とは内裏で国家の安寧を祈願する、選ばれた護持僧《ごじそう》のことをいう。

「お渡しすればわかります！」

そこは譲らず、がんとして押しつけ、下から掬《すく》い上げるように睨んで間合いを詰める。

千古は、ざっと見た一瞬で相手の力量を計る。

この兵は、重心が前のめりすぎる。勢いがよすぎて、力だけにまかせるやり方しか知らなそうだ。一発目は、さっと後ろに身体をずらし、かする程度に当たってみせるかと算段をつける。

受けたそぶりで身体を下げて、距離をとって、何度か殴られたり蹴《け》られたりを寸前でかわしつつ時間をかけて――やられたふりをして転がったくらいで、たぶん秋長《あきなが》が扮《ふん》した帝がここに辿りつくはずだ。

という、殴られたふりをして逃げる戦法というのも、千古はさんざん典侍《ないしのすけ》に教わっている。よく考えたら、典侍は、正后の自分に夜毎、なにを教え込んでいるのか。千古と帝のまわりに集うみんなは、それぞれに、正気の沙汰《さた》じゃないのでは？

そう思ったら、力が抜けた。ちょうどよく、足を柔らかく曲げて、身構える。

拳《こぶし》がしゅっと頬をかすめる。千古は皮膚一枚ぶんだけ拳を受けてから痛そうに頬を押さえ、後退する。相手は片足に重心の軸を移したから、次は蹴りが飛んで来る。横にのけて転がろうかとしていたら――。

馬の蹄《ひづめ》の音が近づいてきた。早足で駆けてくる。兵がはっと顔をそちらに向けた。動きが止まる。千古も、いつでも横に飛べるようにと身構えたまま、頭上へと視線を投げた。

「想念」

真っ白な素絹の衣で身を包み、烏帽子《えぼし》を深くかぶった〝玉体〟姿の——秋長であった。

びっくりするくらい顔を白く塗り、眉《まゆ》を黒々と描き、本来の人相が定かではないなりになっている。牛車《ぎっしゃ》の移動とは違い、馬に乗ってしまうとひと目を完全に避けて過ごせないから仕方ないとはいえ、化けっぷりが凄《すさ》まじい。

しかも、それがおかしくないのだ。

涼しげな目元や、すっと通った鼻梁《びりょう》に、整った口元が艶やかで、気品がある。さまになり過ぎていて、千古の口元に変な笑いが勝手にのぼる。

帝以上に帝っぽい。

一陣の風が吹き、みんなが帝のものとして覚えている爽《さわ》やかで甘い香りが鼻腔《びこう》をくすぐる。

「事前に文で求めたドクダミは、これか。大事に祈禱《きとう》を受けた薬草だ。待ちかねていたぞ。ご苦労であった」

そして千古が手にしている干した草を「ドクダミ」とすぐに認識し、ありがたい感じかつ横柄にそう言った。干した草の見分けもすぐにやってのけるのは見事すぎるのでは。

「はい。こちらを——」

帝が出てきてしまったので、千古に挑んできた兵はぎょっとして青ざめている。当然だ。そして帝に扮した秋長は、兵に優しく微笑んで「朕《ちん》のためにこれの足を留めておいてくれたのだな。よき働きである。これを」と、馬から飛び降りて、馬の手綱を兵に渡した。

「下げ渡す。それだけの働きをしたのだ。褒美として受け取れ。ここからは牛車でいく。その者がその用意をしている。想念がいるがゆえ、朕の護衛は不要だ。後ろの者にそう伝えて参れ」

「はっ」

兵はもうなにも言えない。目をうろうろと泳がせて、いまにも口から泡を吹きそうになっている。秋長は彼に馬を預けたまま、千古の横に立ち、歩きだす。

「で、どこで主上は待ってるんですか？　入れ替わってくださるのでしょう？　牛車の用意はしてくれましたか？」

小声で早口で滑舌よく語りだすが、目だけはずっと前を向いているし莞爾《かんじ》の微笑を崩さない。

「あそこの廃寺で待ってる。牛車も用意したよ。あとさ、主上は自分のこと〝朕〟って言わない」

「言っといたほうがそれっぽいからあえてさっきは〝朕〟で通しました。僕だって、ずっと〝朕〟ではなかったんですよ。影として、主上に寄せてできるだけ似た言動で過ごしてましたから。でも、朕のほうが、それっぽいから、みんなが畏れ入る。気が向いたら主上も圧をかけたいときはあえて〝朕〟を使ってもいいですよとお伝えください」

「自分で主上に言いなよ」

「嫌ですよ。あの人〝絶対に朕なんて使わない。そういう柄じゃない〟とか変な抵抗見せそうじゃないですか。あなたから言ってください。それから化粧を落とすのでそういう用意は？　主上も薄くでいいので化粧をしていただかないと。化粧道具もありますか？」

「あるよ」

ぽんぽんと話しながら、壊れかけた寺に辿りつく。

さっと戸を開ける。

途端、物陰に張りついていた帝が、千古の背中に回って、腕をひねった。

「なにをするの。私よ、私」

「声と気配でわかっていたが、念のため。うん。おまえだ」

ちょっと旅に出ただけですぐに帝は野良の獣に戻ってしまう。内裏はこの男にはさぞや窮屈で居心地が悪かろう。暴れられないし。

「さすが素晴らしい心がけでいらっしゃる。では服をお脱ぎください。着替えます」

秋長が平然として戸を閉めていきなり帯を解《ほど》きだした。男ふたりの衣装の着脱を近くで見ていてもいいのかとためらってそっぽを向くと、いきなり秋長が千古を叱った。

「黙って見てないで手伝ってください。恥じらう仲じゃないでしょう」

「恥じらうわよっ」

「いまさら」

鼻で嗤《わら》われたので、むっとして手伝うことにした。一応、帝のほうは見ないようにして目を伏せる。

手早く衣装を脱ぎ捨てる秋長に、帝の脱いだものを拾い上げて渡す。

「想念。僕の烏帽子、脱がせてください」

「えー」

あえての想念呼ばわりなのだろう。

「いいから。時間が惜しい」

叱りつけられて千古は秋長の烏帽子を脱がせた。そのままでは背が届かないので、秋長が姿勢を低くして千古にあわせてくれる。てきぱきと帝が脱いだ狩衣《かりぎぬ》を身につけていく秋長の頭から、きつく縛られた烏帽子の紐《ひも》を解き、そのまま帝へと手渡した。

帝は自分で烏帽子を頭に載せ、整える。

貴族は普通、烏帽子を脱いだ姿を見られることを恥とするのだが、秋長はそんなことにも頓着《とんちゃく》しない。帝もまた気にも留めていなかった。ふたりともに規格外の男たちだ。

手を動かしながら口も動かす。

「この後も、お気をつけください。道中すでに主上の食事に毒が盛られていましたよ。差しだされたものを素直に飲食するのはやめたほうがいいかもしれない」

着替える途中で秋長が言った。

「……盛られたの？」

思わず千古は聞き返す。

「盛られましたね。毒味は交代でつとめてもらってますが、交代制だからこそ、抜け穴もできてしまうんでしょうね。調べてみたところ、わかりやすく、暁《あかつき》の上家《かみけ》の手の者でした。暁の上家から出された兵だったことの証拠になる、銅丸鎧《よろい》は取ってあります。使いたいときは使ってください」

「でその兵士は？」

「盛ってきた相手に同じものを食べさせたら、倒れて、それきりです。まあ毒ですから。表向きは事故死として処理しましたが、都に戻ってからそのへんの対処はどうとでもなさってください」

「秋長は平気なのか？」

帝が目を剝《む》く。

「千古姫さまにつきあって、毎日少量の毒を食べていた時期があるんですよ。毒に耐性がつくらしい。たしか成子《なりこ》もやっていたんじゃなかったかなあ。大人になって、つきあわなくてよくなっても僕は自主的に続けてきたから」

「なんでっ⁉」

今度、目を剝いたのは千古だった。

「懐かしい味のような気がしたので、なかなか離れがたくて」

「そうだよね。毒ってけっこう癖になる。わかる」

帝は無言になって着替えを続けた。千古は首を傾げて秋長の顔をまじまじと覗《のぞ》き込んだ。

「というか……私、毒消し持ってきてるけど、いま必要？」

「あなたの作った丸薬のことなら、あれは毒消しという名前の毒じゃないですか。飲みません」

「そう」

「それで——僕は、毒の味はわかるし、少量の毒なら効きません。でも主上はそうではないでしょう？」

「たしかに俺は……毒の味を知らない」

悄然《しょうぜん》とする帝に、千古は眉をひそめて「知る必要ないよね」と、つぶやいた。帝が毒の味を覚えてしまっては問題な気がする。間違いない。

「僕は化粧を落とします……想念は主上のお顔にお化粧を」

「そんなに白く塗らないと……だめなのか」

案の定、帝は化粧に怯《ひる》んでいる。秋長がにっこりと微笑む。

「申し訳ない。これはこちらの都合です。自分は兵衛《ひょうえ》として都で勤めておりますので、兵たちのなかに顔を知っている者がいないとも限らない。それで地顔をできるだけ隠せるように、こうしました。主上はご本人ですから、ここまでしなくても大丈夫です。薄化粧に止《とど》めてください。濃い化粧から薄い化粧になったぶんには〝竜顔は本来、このようであったのだな〟と、主上のお顔をうっとりと見守ることになるので平気でしょう。だって主上は、顔がいい」

「顔が？」

帝が自分の顔を手のひらでなぞる。

「おまえのほうが顔はいいだろう。優しげで爽やかで怖くない」

「つまり威厳がないということですね。それは理解しております。面目ない」

「俺を相手に、うるうるした目をするな。だまされないぞ」

「うるうる？」

秋長が自分の頬に手をあてて眉を顰《ひそ》めた。

——この人たち、こういうやり取りして過ごしてるんだなあ。

意外と帝《みかど》と秋長は気が合っているようである。よかったなと千古は思う。

思いながらせっせと手を動かし、帝の顔に薄化粧を施した。

化粧の力は偉大である。眉や目元を優しげにして唇をちょっと上げ気味にしてみたら、かなり穏やかで優しげな美男に仕上がった。

「あー、本当にあなたは顔がいい」

千古が言うと、秋長が隣で腕組みをして「まったくです。顔がいい」とうなずいた。帝は腑《ふ》に落ちない顔で、己の顎《あご》を指先で擦《こす》り上げていた。


兵たちが待つ場へと牛車《ぎっしゃ》に揺られて、帝が戻る。牛使いは秋長がつとめ、千古は想念として行幸の一行に加わることになった。

平らなところを牛車に揺られ、ゆるゆると、供の兵たちを誘ってゆっくりの旅路となった。

行幸が決まってからすぐに文を渡し、帝の訪れを伝えている。鬼を調べるにしろ討伐にしろ、事前に通達して出向くのだから、見聞きできることは限られる。見せたい部分しか、見せようとせず、後ろ暗いところは隠すはず。

――事前に行幸を伝えての鬼退治なんて馬鹿馬鹿しいにも程がある。

帝が、帝として立ち寄ったなら、着飾った姫たちの顔見せをされ、郡司と国司が「信濃の地はこのように平穏に過ごしております。主上のおかげでございます」「はて、鬼とは？　そのようなものはおりません」「税はもちろん納めております。国司さまが証人です」と、そういうことで終わるのだろう。

——だから変装して隠密行動をとったのだけれど。

さらに、秋長の変装により、帝の守護が手薄であり、内裏から刺客が差し向けられていることも炙《あぶ》り出された。

そんななかで、辿《たど》りついた郡司の屋敷である。

まだ日が高い。昼前だ。

四方を頑丈そうな塀で固めた大きな屋敷に、立派な門が建っている。

さすが武家の統領の家で、揃って並ぶ男たちは誰も彼もが厳《いか》めしい。手入れをされた庭で咲く花ですら、都で見るそれより輪郭も色も香りも濃いような気すらしてくる。

「このような場所へ帝さまがいらしてくださるとは」

迎えに出てきた郡司が、団栗《どんぐり》眼をぎょろりと剝いて「さあさあ、どうぞどうぞ」と陽気に兵たちにも声をかけた。

「お疲れでいらしたでしょう。お供の皆様のぶんの食事はあちらに用意してございます。武具を解いてごゆっくりなさいませ。帝さまとそのお連れさまはあちらに——儂《わし》らは田舎者でこれというおもてなしはできませんが、ちょうど流れの田楽の者がおりましたから、呼び寄せて舞台をしつらえました」

滔々《とうとう》と述べる郡司に、帝は「うん」とだけ応《こた》えた。言葉少なく横柄であるほうが、権力者らしさが出て、押しだしがいいというのもあるが——田楽が好きではないから辟易《へきえき》して言葉数が少なくなったのかもしれない。

千古と秋長は、帝の側について郡司の屋敷に入り込んでいる。

歌舞音曲にあわせて、色とりどりの風流傘を身につけた踊り手たちが舞い踊るのが田楽だ。神事のひとつとしてはじまった。豊作と安寧を祈るために、農民たちや僧侶《そうりょ》たちが踊り手になる。祈念の旅として立ち寄っているので、田楽舞を「見たくない」とは言ってはならない。が、帝は歌舞謡曲が好きじゃないのだ。

「国司さまのあたりは庭に舞台を設けていらっしゃるようなのですが、儂のところはそこまではなかなか。それで座敷に風流傘の踊り手たちを呼んでましてなあ」

郡司の案内についていき、障子を開けて室内へと入る。

——色が、咲いていた。

目眩《めまい》がしそうな色とりどりの渦であった。

甘い匂いがむせかえるように千古たちを包み込む。この香りには馴染《なじ》みがある。後宮の女たちがひとつの場所に集まったときに、香り立つ女の匂い。焚《た》きしめた香が互いを牽制《けんせい》しあい、花を競うあの、色と、香りだ。

大小さまざまな花を傘の上に載せた風流傘が三つ、控えている。

その背後にいるのは浄衣《じょうえ》に身を包んだ男たちだ。彼らは鼓や笙《しょう》を持って、座している。

傍らには御幣《ごへい》を捧《ささ》げ持つ神職の男がひとり。

風流傘の牡丹《ぼたん》とおぼしき造花の上に、桜か梅かの枝が何本も挿さっている。風流傘はそういうものだ。これでもかと高く積み上げられた花と金銀の飾り。桃色と赤が満開の傘の下には、淡い桃色の何枚もの布が垂れている。

布が顔の上部を覆っていて、口元しかこちらからは覗けないが——どの踊り手も女性であることはたしかであった。

一斉に平伏した風流傘の女たちの顔のまわりで、桃色の布がひらひらとはためくさまが艶《なま》めかしい。

田楽であればもう少し、滑稽《こっけい》さと鄙《ひな》びた風合いが強いはずだが——この風流傘にははっきりとした色気があった。意図的に、そういうふうに作られている。

「国司さまのようにはおもてなしはできませんが、儂なりに務めさせていただければと存じます。よろしければ対の剣舞を帝さまに踊っていただければ、と。今宵《こよい》は国司さまのもとにお泊まりになると伺っております。帝さまといちばん息の合った踊り手を、今宵、国司さまのもとに伺わせましょう」

「剣舞を俺に？　どんな踊りかを俺は知らぬが」

帝に対して「いきなり庶民のものである田楽を踊れ」と言うことを、無礼と断じない帝である。たまたまこんな帝だからいいものの、けっこう際どいことを郡司は頼んでいるのだが、わかっているのか、いないのか——。

「田楽踊りはそも祈念の舞い。今回の旅は祈念の旅と聞いております。当地に鬼がいるという噂が都に流れているらしい。ですが、ほら、鬼なんてどこにもおりません。ただこうやって月薙の国の繁栄を祈るつましい者たちが暮らしているだけで」

「…………」

帝は答えない。

——これ、事前に誰かが〝鬼退治〟の話を振ってるなあ。それで牽制されてるよね。

行幸は牛車と輿《こし》が主だからどうしても辿りつくのが遅くなる。誰かが早駆けで信濃に伝聞の文を飛ばしているのだろう。

偶然も三つ続いたらそれは策略の結果だ。都からはすでに手がまわっていると思っていい。東宮を産むために藤壺《ふじつぼ》に更衣をと、そのために帝がここに来たのだと入れ知恵を事前にした誰かが、いる。

「よろしければ」

と、千古は身を乗りだした。

「心があればそれでよろしゅうございましょう？　主上ではなく私が剣舞をさせていただ

いても？　私はまだまだ若輩とはいえ修行の身。あながちおかしくはないのでは？」

小坊主の姿である。おかしくもない。むしろ適性かと、訴える。

と——。

郡司の視線が、千古の全身をざっくりとなぞっていった。

——ひりひりするような見方をするなあ。

こちらが何者かを見極めようとする武に生きる男の視線だ。

「いや、よい。祈念の舞いなら俺が踊ろう。正しい踊りも、正しくない踊りもなく、すべてが祈りだ。それでいいな？　想念はそこで座り、よく見届けろ」

帝の言葉が低く、重たい。

聞いた途端に、そうか、と千古は思う。

——源氏の武家の本家に集う、三人の女たち。

彼女たちはきっと源氏の姫だ。武家の姫。藤壺に召し抱えられる可能性を持つ若い女。

馴染みの匂いと色の渦を感じたのは間違ってはいない。

郡司は姫たちを昼の光の座敷の上で、風流傘で顔を隠し、帝へと差しだそうとしている。

そして帝と息が合った姫は——今宵、国司の屋敷の帝の寝室に贈り届けると、そう言っている。

「……はい」

ならば千古の出る幕はない。なんなら千古は下がるしかない。帝に「見届けろ」と言われれば見届けるしかない。わかったうえで信濃まで来たのだ。

――胸が、痛い。

残酷なことをしでかす帝は、けれど、残酷であればあるだけ美しさに磨きがかかるのだ。薄く化粧をしたせいで粗野さが溶け落ち、美貌《びぼう》だけが際だっている。竜顔とはかくやという気品が滲《にじ》みでて、風流傘の女ふたりが帝に見惚《みと》れ、ため息を漏らした。

――つまり、三人のうち、ひとりだけ、見惚れていないわ。

どこか冷静に、綺麗《きれい》な姿勢で帝を見ている「ただひとり」の女に自然と千古の視線が寄せられる。

帝が立ち、座敷の中央にずいっと進む。

「剣を」

と、郡司の男が帝に刃をつぶした剣を手渡した。鞘《さや》からすっと抜いたその所作は剛胆で淀《よど》みない。

女たちは帝を中央にして、それぞれに円を描くように三方に立った。

鼓の音がぽんと鳴る。

笙の響きもゆるゆると流れ、帝が剣を手に舞いはじめる。

音に乗り、迷うことなく、剣を振る。彼の動きにあわせ、空気の流れが変わる。剣を手に彼が足を踏み込むことで、目に見えぬ「なにか」が輪郭を伴った。

彼の力を振るうその先に、彼にしか見えないものがある。その「見えないもの」を無理やりに、見せてしまう舞踏であった。

見定めて太刀で斬りつけるその姿から、断ち切られ、薙《な》ぎ払われるべき〝悪〟の姿が立ち上がる。

物騒な男を中心に、女たちが花となって踊っている。

赤や桃色、萌《も》える若草の色の装束と、後ろで大きくたばねて結んだ蝶《ちょう》の羽のごとく揺れる赤い帯が美しい。

帝の前に、するりとひとりの女が近づいた。つぶしているとはいえ剣が振り上げられたその真下に、我が身を投げだすかのように飛び込む女の動きは、他の女たちとは違うものだ。

あれでは剣が女の頭を払ってしまうと、郡司も千古も腰を浮かせた。

風流傘に咲く花の枝にわずかに剣の刃先が当たり、花びらと金の飾りが剝《は》がれて、舞った。袖《そで》からちらりと覗《のぞ》く手首が柔らかく動き、後ろに身体を引いた女の頭から傘がずれ落ちる。

「あ」

と千古は小さく声をあげる。傘を落としてはならないだろう。

この田楽は、神事のはずだ。縁起でもない。

しかし帝《みかど》は剣を片手に、腰を低くし——もう片方の手で女の傘を受け止めた。

落ちた傘は帝の手に。

傘が隠していた女の顔が、帝のすぐ間近に露《あら》わになった。

肌理《きめ》細やかな白い肌の女である。切れ長の目が黒々として濡《ぬ》れている。すぐ側に帝を見上げ、口角をわずかに上げてふわりと笑う。誘い込むような笑顔であった。

風流傘を載せるためにまとめて結い上げた髪が、わずかにほつれて額にかかる。

まだ若い。裳着《もぎ》を済ませたばかりであろう。

だがもう充分に、女の色香を身に纏《まと》っている。

——すごい美人!!

誰もがそう思うだろう美女だった。

女は、帝の手にした風流傘の前に頭《こうべ》を垂れた。自然に下がったその頭に、帝が傘を載せる。傘を再び頭にかぶせ、女の顔が桃色の布に隠される。

ゆっくりと身体を起こし踊りながら離れていく、その身体の動きもまたしなやかで艶めかしいものだった。

それを見て、慌てたように、別の女が帝の懐に飛び込んだ。勢いよくそうしてのけたが、傘はきちんと縛って止めているはずだから、そんなにたやすく外れはしない。なかなか脱げない傘に焦《じ》れたのか、女はやけに帝の剣に頭突きをしてのける。三度めまではかわしてのけて、その後、帝は辟易したのか女の傘から垂れた布を両手でさっと開いて顔を見た。あどけなく大きな丸い目と、愛嬌《あいきょう》のある優しい顔の女が頬を染め、うつむいた。

ぽん、ぽぽんと鼓が鳴らされる。

いつのまにか田楽の楽箏《がくそう》の音は終わっている。

帝は剣を鞘に納めると、三人目の女の前に立つ。最後の女は帝の足もとを見つめ、自ら紐《ひも》を解《ほど》いて傘をはずし顔を露わにしようとした。帝は女のその手を止め、下から覗き込む。そして「もう、よい」とでも言うように、とんとんと手のひらで女の背中をなぞり、遠ざけた。

剣を横に捧げ持ち、御幣を持つ男に一礼をして、その剣を渡す。

郡司の隣へと戻ってきた帝はすとんと腰を下ろし、胡座《あぐら》をかくと、

「姫たちもご苦労であった。美しい舞いである」

と、よく通る声で凛《りん》として言う。

女たちも皆、平伏し畏《かしこ》まる。

「顔を上げよ。さて、そこの姫、名はなんと言う」

尋ねられたのは、最初に顔を露わにした姫である。

「紅葉と申します。ですが鬼姫と呼ばれることのほうが多いですわ」

屈託なく笑って返した紅葉の姫に郡司が眉《まゆ》を顰《ひそ》め「これ。そういうことは言わぬでもよい」とたしなめた。

「父上、ですがきっとばれてしまいましてよ？　後で聞かれるより先に言ったほうがいいじゃないですか。鬼のように気が強く、暴れん坊で知られております」

「おまえが噂の鬼姫か」

帝が言うと「ほら、やっぱりご存じだ」と紅葉が歯を見せて笑った。悪戯《いたずら》っぽいその笑みは、先刻までの色気はすっかり消え去って、年相応に若々しい。

「養い子だと聞いている。もとの親が誰かは知っているのか？」

「いいえ。親は誰かはわかりませぬ。知りたいとも思いませぬ。それでも源氏の父上、母上が、あたしを大事に慈しんで育ててくださった。ですから、あたしは源氏の者でございます」

まっすぐに帝を見返して、輝く目をして紅葉が言った。

「うん。そうか。――郡司殿、国司の宿で鬼姫の舞いをもう一度見せてくれ」

帝が言う。

「はい。畏《おそ》れ多いことでございます。謹んでお受けいたします」

紅葉がにこりと笑って、また、頭を下げた。

その夜である。

帝は国司の屋敷でもてなしを受けている。鬼姫はおそらく帝の寝所に身体を運ぶことになるのだろうし、帝は彼女とその親に話をつけることになるのであろうが――。

それはそれとして――千古はその「鬼姫の屋敷」にこっそりと忍び込んでいた。

千古の隣にいるのは秋長だ。

「あなたはこの仕事に向いてない。僕の今夜の仕事はこっそりしなきゃいけないものなんだ」

ぼやく秋長に、千古は唇を尖《とが》らせる。

「私だって充分こっそりできるわよ？　それに私、国司さまにこれといった用事もないし、酒席に出たって酔いつぶれるわけにもいかないし」

「いかなくてもいいけど、留守番してりゃあいいじゃないですか。あえて僕の用事に首を突っ込んでこなくても？」

「だけど気になるじゃないの。鬼の都の屋敷でしょ？　どんな様子か見てみたい」

そう――鬼の都の屋敷が、鬼姫の住まいなのである。

流れついた貴族たちが都を模して造った「写しの都」の、大内裏を模した屋敷に鬼姫は暮らしているのだとか。

透かし見るようにして聞いてくる。それだけのわけはないじゃないか。帝が鬼姫と今宵《こよい》を過ごすのを、国司の屋敷で見ていたくないからここに来た。わかっていてそれを問う、秋長のそういうところはつくづく意地が悪い。

「それだけよ」

「それだけですか？」

「……はいはい。面倒くさいなあ。——仕方ない。慰めてあげますよ。主上は男として不能です。当たり前の女性相手には機能しない身体だ。あなたみたいに跳ねっ返りで意味わかんない女が大好きな変わり者だ。だいたいね、あなただって、薬に詳しいんだから、男性機能を停止させる薬の一服も盛っとけっていう話ですよ。そうしたら安心できるでしょうが」

「あんたとんでもないこと言うね。なにその慰め。それにそういう心配じゃないんだってば。主上はちゃんとしてくれてるし」

「でも男だからね。あの姫さま相手にしてどうかなって。僕ですら寝所にあの人が来たら手を出しますよ」

「うわ。秋長のそういうところ想像したくないから言わないで」

「僕だってあなたたちのそういうことを想像したくないですよ。あのね、僕を相手に高度なのろけをするなって話です」

ちらりと見ると、秋長は毒を飲んだみたいな顔をしている。

「のろけてないわよ」

「のろけてますよ？　嫉妬《しっと》してて、でもそれを主上には見せたくないんでしょう？　だけどあなたたちはそういう道を選んだんだ。取り繕うにも限度がある。東宮はなさず、誰とも契らず——馬鹿みたいだと僕は思ってる。そんなやせ我慢がなんの役に立つかわからない。僕だったら絶対に主上みたいにあなたに律儀に義理だてなんてしないですよ」

一気にそう言って、そして秋長はつけ足すみたいに微笑んで言う。

「でもいいですよ。あなたがそうやって愚痴を言える相手は、僕だけだから許します。掌侍《ないしのじょう》にもそれ、言えないでしょう？」

「言ったら……心の底から熱烈に応援されてしまうから」

「たしかに僕は心の底からあなたたちのことを応援しないからなあ。さ、そんなことを言ってるうちに屋敷です。寝殿造りはどこもかしこも間取りが同じだ。床下を潜るのもあなたは得意だ。あの姫は大内裏の清涼殿にあたる部屋で寝起きしているらしいです。そこにいきますよ」

飄々《ひょうひょう》として秋長が言い、千古は「うん」とうなずいて秋長より先に屋敷のなかへと潜り込んだ。

——甘えてるなあ。

自分は、秋長に甘えている。

「秋長、ごめん。ありがとう」

背中を向けたままつぶやくと、背後で「いまさら。僕は有能ですから頼られるのも仕方ない。あなたの益体のないのろけも、好きで聞いてるんだから、おかまいなく」と声がした。

「そうだね」

秋長のため息が、後から聞こえてくる。

築地塀《ついじべい》にできた穴を見つけて入り込む。

篝火《かがりび》があちこちでゆらゆらと揺れている。

護衛の数は少なくて、ずいぶんうら寂しい屋敷であった。もとは贅《ぜい》を尽くして建てられたものだとわかるから、手入れのされない荒れ放題の庭や、あちこちが崩れたきりの渡廊がひどく胸に寂しい。

——養い子って言ったわよね。

もしかしたら鬼姫は——あまり恵まれた暮らしをしていないのかもしれないと、ふと思う。大事に育てられているのならこんな屋敷で、護衛も置かず、鬼と呼ばせて過ごさせはしなかろう。

遠くにちらりと人影を見つけ、慌てて床下に潜り込んで這《は》っていく。

そのあいだはふたりして無言だった。目当ての場所に辿《たど》りついて、軒下から顔を出し、左右を見渡す。誰もいない。そっと抜け出て、階段を上って廊下を急ぐ。

姫の寝所は、妻戸が壊れ、開いたままだ。閉まらないようである。

あまりに不用心すぎて、ぞっとした。年頃の姫の住まいで、これは、ない。千古ですらもう少し警戒する。

部屋に足を踏み入れる。室内にあるものはどれもくすんで、埃《ほこり》だらけだ。壊れているか、汚れているか、倒れているかで、盗人《ぬすっと》が来ても顔をしかめてなにも盗《と》らずにとって返すかもしれない。

──そうか。彼女も「人であって、人ではない」のか。

幼い時分からこんなふうに打ち捨てられた屋敷で、人の手をかけられずに育ってきたなら──鬼になるしかないではないか。

「で、なにをするの？」

物寂しい風に似たものが千古の胸中を吹き抜けていく。

振り返って秋長に聞くと「家捜しですよ」と答えがあった。千古を追い立てるようにして塗籠《ぬりごめ》へと向かう。途中途中で、室内のあちこちを眺めて「良い布か、良い紙か──守り刀の高価なものとか、そんなものがあれば持ち帰ります」と言うから「それ本当に盗人じゃないの」と呆《あき》れた。

「そうですよ」

と、秋長はそっけない。

塗籠のなかに足を踏み入れる。驚くくらいに空っぽだ。「姫」と名乗る女の塗籠にしては、あまりになにもなさすぎる。薬草だらけの千古の塗籠は別としても、女たちは雑多な宝物をこの場所に収めているものなのに。

ふと見ると、すり切れて古びた畳の片隅に、夜着が置いてあった。枕元には火の消えた灯台と、筆と紙。いくつかの蒔絵《まきえ》の箱。

——これだけ。

おそらくここで寝ているのだろうと悟り、千古の胸がまたもや痛んだ。夜着しかない塗籠の、なんてだだっ広く、寂しいものか。

「ああ、そうか。鍵《かぎ》のかかる部屋が他にないから、毎日ここで寝ているんでしょうね」

秋長がつぶやく。そうしながらも彼の手は止まらない。紙を拾い上げ、透かして眺め「良い紙だけど、探しているものじゃなさそうだな」と言いながら箱の蓋《ふた》を開けあらためていく。ずいぶん急いでいるせいか、秋長の手から蓋が落ちた。

大きな音が鳴り響き、千古は慌ててそれを拾い上げてあたりを窺《うかが》う。

「どうしたのよ。秋長なのに」

「なに言ってんですか。僕だってたまには物くらい落としますよ。あなたももう少し手伝ってくださいよ」

「だって、あなたが物を落としたの見たのは、子どものときに、あなたの手を木の枝で叩《たた》き払ったとき以来だよ？　手伝うけどさー。そんなやみくもに箱を開けてもなにも見つからないのでは？」

ついてくるんじゃなかったと思いながらも——秋長が、いま帝《みかど》の側で「こういうこと」もしているのも、千古がきっかけなのだった。

「でも探してるのはあの姫の親の素性がわかるものです。大事なものなら箱にしまっておくでしょう？」

そういうことか。

「大事なものがしまえそうな箱がそもそもないじゃないの。本当に大事なものだったら、私ならこの部屋には置いておかないわ」

誰も守ってくれないからこそ、きっと、肌身離さず持っている。

彼女の身になって部屋を見回せば、千古の身体がぶるっと震えた。寂寥《せきりょう》と孤独がひたひたと染み込んでくるような気がしたからだ。

すがれるものがないままに幼いときからここでひとりで暮らしたのなら、自分は宝物をどうするのか。

「きっと身につけて持ち歩く。そこまでじゃないけど大事なものは——」

広げられたままの夜着を捲《まく》ってみると——その下にくしゃりと丸められた布が見えた。昔は白かっただろうものが薄汚れ、端はぼろぼろにすり切れていて、宝物とはほど遠い。秋長がためらうことなくその布を引っ張りだし、両手で端を持って、しゃんっと一回、前後に振った。

——産着。

赤子に着せる、小さな、白い着物だ。

どうしてそれを夜着のなかにと思うと、こみ上げてくるものがあった。

着せてくれた実の母のことを思っていたのか。大切にして、眠っているときに誰かが来てもすぐに持って逃げられるように夜着のなかに隠していたのだろうか。あるいは自分を勇気づけるために、すがる想いで抱いて寝たのか。

気づけば千古は秋長の手から産着を奪い取っていた。

「なんですか。たぶんそれは親の手がかりになりますよ?」

「ならないわ。産着の布や縫い方に特徴なんてないものだし、これはただの思い出よ。紋のある貴族の出なら背中に紋の縫い取りがあるでしょうけど……」

と言いながら産着をひっくり返すと——紋があったとおぼしき場所が綺麗《きれい》に切られ、くり抜かれている。

見なければよかった。

でも、うっかり確かめてしまった。

「紋がある家の出だったのね」

千古は嘆息し、秋長に産着を手渡す。

そのときだ。

ばたばたと足音が聞こえてくる。男たちの話し声も近づいてくる。

「鬼姫は今夜はいないんだよな。ことのついでにあの塗籠の鍵を壊しておくか。もう二度と逃げ隠れできないように」

「馬鹿。そんなことしたら俺たち酷《ひど》い目にあうぞ。いままでとは違うんだ。鬼姫は都にいくんだよ。えらい人のもとに嫁ぐんだ。生娘《きむすめ》のままで嫁がせないと俺たちが頭領に殴られる」

「ああ、そうか。こんなことならもっと早いとこどうにかしておくんだったな」

男たちの高笑いが響く。

秋長と千古の目が合った。千古は産着を夜着の奥にもと通りにしまい込み、男たちに見つからないようにと足を忍ばせて塗籠を抜け出る。秋長も無言で千古の後をついて外に出た。

※

秋長にとって千古がどういう存在かというと単純なようでいて、難しい。

乳母子《めのとご》であり、ずっと一緒に「あの母」に鍛えられて生きてきた競争相手だ。気づいたときには側にいた。典侍《ないしのすけ》は珍しい女だったから、男女の違いも身分の違いも吹き飛ばし、自由気ままに育ててくれた。おかげで千古はいまや「あんな」性格だ。

子どものときは勝ち気であることがすべての勝敗を決めるものだから、秋長はありとあらゆることで千古に負けた。千古はやたらと勝負を挑んできては、勝って、誇らしげに上から秋長を見下ろす。秋長は、だいたい地べたに転がった。おかげで秋長は、千古の鼻の穴の形がわりと整っているのを知っている。

そんな幼なじみに女性らしさを感じることは皆無だった。

なのに——どれだけ女らしくない相手でも「ああ、こいつは可愛いところがあるんだな」と意識する出来事というのはあるものなのだ。たとえば、一緒に怪我をした雀の子の治療をして、その雀の子が飛べるようになったときの満面の笑みとか、採取した薬草を試したい千古の試験台になった秋長の怪我が無事に治ったときの得意げな笑顔とか——思い返した途端、秋長は「とんでもない思い出ばかりだな」とうんざりする。

もっと他になにかないのか。そういえば、笑い顔ではなくて泣き顔も可愛いところがあったはずだ。はじめて秋長が千古にとっくみあいで勝ったときに、千古が見せた半べその顔は、けっこう可愛らしかった。その後で、千古が勝つまでは絶対に帰らないとごねられて真っ暗になっても山のなかでとっくみあいをさせられて、辟易《へきえき》して「負けたふり」をしたら今度は癇癪《かんしゃく》を起こして泣きだしたあの顔とか。

——そっちもやっぱり、ろくでもないな。

考えてみたら、だいたい、ろくでもない記憶ばかりだ。

——でも千古姫は、可愛らしくはなくても、かっこよかったんだ。

彼女は誰かが困っているとどこからともなく駆け寄って、力尽《ちからず》くで「どうにか」してくれた。成子はしょっちゅう千古に助けられていて、秋長はというと……そういえば、助けられるよりいつもやっつけられていた……。

そうやってろくでもないことをされ続け、千古が裳着《もぎ》を済ませたあたりから、秋長と千古は疎遠になった。男女の違いはいかに千古であってもどうにもならない。末席とはいうものの暁《あかつき》の下家《しもけ》の姫として、千古は屋敷の奥で過ごすことが多くなり、重ねていく着物の数も増えて——きっと彼女ですらも大人の女性になってしまったんだろうと、秋長は漠然とそう思っていたのだ。

千古の成長を自分の目で確かめることを遠ざけたのは、秋長の間違いだ。

当たり前の女性になってしまった千古と、そんな千古をいまの自分がどう感じるのかを、知りたくなくて、あえて会おうとはしないでいるうちに、千古はあり得ない事態で入内《じゅだい》することになった。

秋長は兵衛《ひょうえ》になって内裏に入ってきてみて、自分が、人生において手痛い失敗をしたことに気づく。

自分はとっとと彼女に求婚をしておけばよかったのだ。

秋長の千古に対する気持ちは、もうとっくに恋だった。認めたくないが、ちゃんと、恋だった。

くるくると変わる表情。はぐらかすようにして、どんどん自分の目指す方向に話をねじ曲げて、どうやってでも相手に自分の要求を押し通す、頭と舌の回転の巧みさも昔から「あんな」ふうで。

でも。

——千古姫は、僕の前ではいつも、みっともない顔で泣いていた。

彼女は別に強くない。なんでもできる女の子だったことなんて、一度としてなかった。

ただ、自分の欲望と夢に忠実で、ひたむきで、諦《あきら》めなかった。それだけだ。

想いの強さだけで生きてきた。負けたり、転んだりする度に、起き上がってまた挑む。ねじ曲がった性格なのに、己のなかの正義を曲げる器用さがないものだから、何度も壁にぶつかって、その度に彼女はぽきりと折れた。折れても、くじけず、どうにかして新たな枝を持ってきて折れたところに接ぎ止めた。

——だってあいつは僕に正面から挑んで勝てなくなったときから、背後から隙をついて武器で挑むようになった、そういう女だ。

だから彼女は変容する。まわりに合わせ、変わり続ける。

彼女にあるのは、目指す空だけ。

目的だけに手をのばし、折れた枝の脇から新芽をのばし、変な形でねじ曲がってでも育つことをあきらめない。

本当は正后になんてなって欲しくなかった。

帝にまともに情をかけるようになんてなって欲しくなかった。

——あの性格なら、どうしたってあいつは自分の手を汚すんだ。まわりの誰かを助けるために身体を張って挑み続ける。

そして、まわりは彼女がそれでも平気だと、信じてしまう。

平気なわけがあるか。どれだけ賢かろうが、根性があろうが、性格にひねたところがあろうが、野原を駆け回って育った野蛮さを備えていようが——千古はまだまだ若い「姫」

なのだ。まして、女だてらに薬師《くすし》になりたいと願う女が、誰かと命のやり取りをして平気でいられるわけがない。もともと人を救いたい人間が、その手で人の命を奪うことになって、心が折れないわけがない。

それでも、千古は無茶をする。人のためなら、やってのけてしまう。

その危うさを危惧《きぐ》しているのは、秋長だけだ。

典侍は千古のことを「買って」いる。心配よりも期待が勝る。成子 掌 侍《ないしのじょう》ですら、千古は「賢くて強い」と信じている。

賢いわけがあるか。むしろ、愚かだ。まともに恋をしたこともないから、心を通わせた相手が他の姫のもとに通うことを許してしまう。自分の気持ちがぼろぼろに欠けて崩れていっても、きっと平気なふりをする。国と政治と帝《みかど》のせいで、どうせ千古はいつか全力で泣く。

——でも、まあ、僕も愚かで弱い。

じゃあ千古に気持ちを告げるかというと、しないだろう。連れて逃げようとするかというと、しないだろう。だって千古の心は秋長にはないから。

だからその代わりに秋長は、千古の愚痴とのろけを全力で聞く。それだけじゃなく、男の自分だからできる方法で、他の人間にはできないことをしようと決めている。幸いなことに秋長は、たいていのことが得意なのだ。汚れ仕事だろうとなんだろうと、いくらでも命じられてかまわない。

好きでやっている。文句など、言わせない。

好きじゃなければこんなこと、やってられるもんじゃない。

鬼姫の護衛の男たちの嫌な会話を聞いた後、国司の屋敷に報告に戻ると、帝の部屋からはすでに紅葉はいなくなっていた。

宴《うたげ》の場に紅葉が現れ、ひと舞い、舞ってくれたのだということだ。

舞踊に趣味のない帝だが「それでも美しいとは思ったぞ。昨日見せてくれたのとはまた違う、ちょっと滑稽《こっけい》なところのある踊りだったが、身のこなしが綺麗だったから」と感想を述べた。相応に酒を飲み、適度な頃合いで用意された部屋にいくと、そこに紅葉がひとりでやって来たのだという。

「ひとりでって。どうしてあなたは姫さまのところに通おうとしなかったの？　紅葉さまって間違いなく私より年下ですよね。せいぜい、十五、六歳くらいじゃないの。ひとりでここまで来させたなんて……怖くて、つらかったんじゃないかしら」

一緒についてきた千古が憤って、帝に突っかかった。

十五、六歳には裳着を済ませ、成人することになっている。成人したら嫁にはいける。それでもやはり、若いといえば、若いのだ。

——またそうやって他人のために怒るんだ。

それで痛むのは自分の胸なのに、どうしてこの人はこんなに不器用なんだと秋長は呆《あき》れてしまう。

表情には出さず、眉《まゆ》も動かさず、ため息を押し殺し——自分の幸せだけ考えていろこの馬鹿女、と、心のなかだけで罵《ののし》った。

「宴で舞うのは決まっていたし、誰かにあの姫の部屋を検《あらた》めてもらいたかったから仕方ない」

帝が言う。

「仕方ないって」

千古が眉を顰《ひそ》めた。

「でもその甲斐《かい》があった。どうやらあの姫は〝当たり〟だった。親が誰かは知らないし、捨てられていたのを拾われたと聞かされて育ったらしいが——赤子のときから〝守り袋〟を持っていて、ずっと大切にしていたようだ。出し渋るのを無理に言って、見せてもらえた」

秋長と千古が鬼姫の屋敷で紋を切り取られた産着を見つけたその同じとき——帝は国司の屋敷で、当の鬼姫から「ずっと大切にしている」守り袋を見せてもらったらしい。

「当たり、でしたか」

秋長はそうつぶやく。

「ああ。あの守り袋は捜していたものと合致する。そっちはどうだった？」

「おそらく捨てられたときに着ていたものだと思われる産着を見つけました。それも大事にしていたようですね。背中の、紋がついているべきところがくり抜かれておりましたから——彼女を人に渡すとき、どの家の者かがばれてしまうのを怖れたんでしょう。それでも産着は手作りしたんだ。産んだ母は、彼女を心底、望んでいなかったわけじゃない……」

「そうか。では決まりだな。年の頃も、ちょうど合う」

そこまで会話を続けていたら、千古が「なんのこと？」というように秋長と帝の顔を窺《うかが》った。

「あの鬼姫を藤壺に入れる。他ではだめだ。だいいち源氏という刀を持つ武家の一族に、あの姫は、重すぎる。あの姫は——とある高貴な生まれの人間の子だ」

帝が語るのを、千古が食い入るように見つめている。

「とあるって？」

千古の顔から表情が剝落《はくらく》する。傷ついたのを隠そうとして感情を押し殺してしまったのだろう。めったにないことだけれど、千古はうまく気持ちの辻褄《つじつま》があわないときに、こういう「無」みたいな顔になる。そしてその後、秋長にしか見せたことのないようなみっともない顔で泣きだすのだ。

「聞いた話だ。素性はいくらおまえが相手でも言えぬ。ただ、源氏にあの姫がいることはこちらにとっても諸刃《もろは》の剣になるということだけは、たしかで——そういう姫だと理解してくれ。幼いときにしでかしたあやまちの結果、あの姫は捨てられた。だから救ってやってくれ、と頼まれた」

「そ……う。あやまちなんて言ってはだめよ。子が産まれるのに、あやまちなんて言い方はしないで。ひとりの命を授かって、その命がいま生きているのだから」

千古が帝をたしなめた。

その言葉を発したときには、もう、気丈な千古に戻っている。

「……確認させて。地位のある人の娘で、野に放たれたまま武の強いところにいたらだめで、いっそ後宮に入れてしまいたい相手ってことね。で、それを源氏は知ってるの？　知ってるとしたら手放さないでしょ」

「まだ知らない。知っていてこちらの話にのったのならもっと違う対応だったろう。税の追徴も突っぱねたろう」

「追徴に応じてくれるんだ？」

「俺が都に戻るときに運んでいくと言ったら、わかったと応じた。ついでに鬼姫も攫《さら》っていく。それで〝鬼退治〟はまるくおさめると話がついた」

「ついでって……」

「ついでだ。あれをこっちに置いたまま、守りきれる保証はない。面倒くさいから連れて行く」

またもや「面倒」で片づけて、と苦笑しつつも「わかったわ」と、千古はうなずいた。

「彼女を藤壺に連れてくるならば、あなたはせめてこの地で三日は紅葉さまのもとに通わないとだめよ。そうしてあげて。一夜だけで終えて、そのまま都に戻っては彼女はここでどういう目に遭うかもわからない」

「うん」

「じゃあ私……先に都に戻ろうかな。薬草を摘みながら、ひとりでぶらぶらと戻ってもいい？　見なきゃいけないことはすべて見たわ。鬼の都はあったけれど、建物だけでなかに鬼なんていやしなかった。信濃にいるのは人ばかり。鬼姫さまが藤壺にいらしてからが私たちの腕の見せ所で——信濃の鬼をあなたは平和に調伏してくれる。それでいいわよね？」

「だめですよ。あなたひとりで都に戻すのは危ない。僕がついていけばいいのでしょうが、僕は道中で主上のふりをして毒を盛られていますからね。主上をこのまま置いてもいけません」

帝より先に秋長がそう返す。

「そうよね。なにかあったら私の毒消しが大活躍するから、主上を置いてひとりで帰るのはだめよね」

それでもひとりで帰るとは言い張らない。

——あなたのそういうところが放っておけない気にさせるんだ。

だから、

「あなたの毒消しの活躍も僕は断固として阻止します」

とわざと憎まれ口を叩《たた》いてやった。

千古は「えー」と口を尖《とが》らせて笑ってくれた。

7

想念《そうねん》として信濃《しなの》でやることもないので、千古《ちふる》はその後、薬草を摘んで、たくさん袋に詰めた。つきあってくれたのは例によっての秋長《あきなが》で、文句は言うし、荷物を持ってくれるでもないしで、さんざんだった。

「なんでこんなに愛のない雑な引っこ抜き方をするの⁉ 根の、ひげの部分も一本一本まで慈しんで丁寧に掘り起こすのよ。これとか、こっちとか……ひげが途中で千切れてる。

昔の秋長はこんなひどいことしなかったよ？　もっと私に言われるがままにちゃんとして
て」

「僕も大人になったので。都の兵衛《ひょうえ》になったのに信濃くんだりまで行幸について来て、おまけにこれっていうこともせず山で薬草を掘ってるのかと思うと――やる気になんてなれないですよ」

「嫌な大人になったなあ。手の抜き方を覚えるなんて、ひどい」

そうやって秋長と言い争っていると、少しだけ千古の気が晴れる。

だから秋長は、わざと手を抜いているのだろうと思う。千古が、やいのやいのと怒って突っかかってしまえるように。そういう気配りは秋長ならではだ。

「ああ、疲れた。袋がいっぱいになったから、もういいでしょう？　座りたい。座りますよ。あなたも座りなさい」

言った途端、座り込んでしまい「ほら、あなたもそこに」と、自分の少し前の地面を指し示す。座る位置ですら、隣とか前とかは嫌ということか。徹底して千古の後に位置したいらしい。

「ところで、夜にひとりで山に入って小刀を振って鍛錬するのは危ないですよ。小坊主が武芸の達人になるのは笑えない。信濃にいるあいだくらい夜は寝たらどうです？」

さらっとそんなことを言う。

寝たいのだけれど、目が冴《さ》えて眠れないのだ。どうしようもない。

夜になると、帝《みかど》は〝写しの都〟の紅葉《もみじ》の姫のもとを訪れることになっているから。

「よく知ってるなあ。秋長は主上《しゅじょう》の側に控えて、ついていってるはずなのに、どうして？」

「あの人は朝まで鬼姫と過ごさないからですよ。日暮れに訪れて、深夜には戻ってくる。戻ってきて、あなたがいなかったから、どこにいるのか捜して来いって命じられました」

そして聞いてもいない報告をする。教えられて千古は少しだけほっとしてしまうのだ。

そうか——千古は捜してもらえたのか、と。

——鬼姫の親は、主上なの？

聞きたいけれど、直には聞けなかった。

幼いときの初恋の相手で、別れ際に守り袋を渡したという話はよく覚えている。千古も聞いたし、蛍火《ほたるび》も帝から聞いたと言っていた。いわくありげな女性で、たぶんもう別の誰かのところに嫁いでいるから捜さないでいいと帝は言った。

——子どもはいないはずだと、前に聞いたときに言っていたのに。

仕方ない。彼は男だ。自分が産めるわけではないから、離れた後の女性が身二つになっているかどうかはわからない。千古が問いつめたそのときは、まさか己に子がいるとは思いもよらなかったのだろう。

鬼姫の年から考えると、帝が父親になったのは十三歳前後で——。

「男って、まったく」

こぼれてしまった独白に秋長が「男をひとくくりにして、まったく呼ばわりされるのは遺憾ですが」と物言いをつけた。

──だとしたら、源氏という刀を持つ武家の一族に、あの姫は、重すぎる。

男ならば東宮。女ならば内親王。

政治の道具としての利用価値はとても高い。秘密裏に自分たちだけで調べて確保しなければならないというのは、理解した。

「あなたの鍛錬、鬼気迫ってたから遠目で見てたけど、それでも僕の視線に気づかないなんて、だめすぎる。心ここにあらずでする修行なら意味がない。やったって無駄です。今夜はやめておきなさい」

それにどうせ、今夜で終わるんだ──と、小声でつけ足した。

言いしな、そのへんに生えている草をぶちりと引きちぎって、ふっと吹いて飛ばす。退屈している少年みたいなやり方で、草に八つ当たりしているみたいだ。

──今日の夜で、三日目だ。

三日通えば、婚姻になる。千古が正后となったときも、帝が三日、千古と夜を過ごした。

千古たちには周囲が想像したような男女のやりとりはなかったけれど。

「うん。明日には都に戻るのね」

どんな顔をして話を聞いたらいいかわからなくなって、千古は、秋長に背を向けて「ここに」と指示された地面に座り込んだ。これでもう千古の表情は秋長には見えない。

「内裏に戻ったらまたやることが山積みなんだ。道中も想念姿のあなたじゃ牛車《ぎっしゃ》に乗れるわけでもないし、体力は温存しておいてください。夜明けまであなたを捜してまわった僕のためにも、寝て欲しい。あなたは知らないのかもしれないから言っておくと――僕だって、夜は寝たいんですよ？　今夜くらいは僕を寝かせて」

「そっか。そうだね。わかった。あのさ……鬼姫さまは主上の娘？」

さらっと聞いた。

「違いますよ」

即答されたのに、心のなかにもやもやと漂う影は消えない。なにせ返事が早すぎた。秋長は、必要なときに、必要だからと、しれっとした顔で嘘をつける男なので。

「……前に聞いたとき主上は私に、子どもはいないはずって言ったのよ。もしそれが間違っていたら、あらためて私にちゃんと言う……よね？」

「知りませんよ」

「それにどっちだって関係ないか……。重要なのは、彼女は私たちの側にいたほうがいい立場なんだっていうことと……彼女がずっとひとりで暮らしてきた姫だったたっていうこと。藤壺《ふじつぼ》に来てもらったほうが彼女にとっても幸せで」

はたして本当に幸せか？

後宮という籠《かご》に閉じ込められて、孵《かえ》す雛《ひな》もなく、争いのための手駒として扱われる未来が先に長く続くことが？

言葉にした途端に空虚な思いにとらわれる。

──私はすでにもう、後宮のみんなにとっては鬼なんじゃないかしら。

人でなしなことを、やろうとしている。

人か鬼かは、そのときそのときの互いの立ち位置で変化していく。

──もしかして私もいつか、帝にとっての鬼になるのかもしれない。

去来する想いが千古の胸を痛いほど強く締めつけた。

翌日の朝には帰路の旅となった。

山肌を小刀で削りとったような峠の細い道を、帝と鬼姫を中心に据えた長い隊列が、ゆっくりと上っていく。

片側には崖《がけ》。片側は山。

往来の人もまばらな険しい道を進む。

来たときよりも帰りの荷のほうが重いのは、国司から徴収した税のぶんである。米と麦に布に金銀、紙に武具。ぎっしりと詰めた荷を載せた馬もまた、追徴の税だ。

重たさゆえか荷物を積んだ一行は遅れがちで、先頭と後との距離はぐんぐんと開いていく。

兵たちは妙に静かだ。信濃に来るときは一緒ではなかったため、ずっとこんなに寡黙な隊列だったのかを千古は知らない。

帝の輿《こし》を担ぐのは屈強な兵たちだ。帝は馬に乗ってとっとと帰りたかったようだが「来るときは自分も輿と牛車に素直に乗りましたよ」という秋長のひと言で、渋々、輿に乗ってくれた。

鬼姫紅葉は帝と同じ輿である。

「秋長、来るときからこんなに静かだったの？」

少し後ろを歩く秋長に千古が問う。来るときに自分の輿を担いでくれていた兵の側には、さすがに近づけないと、秋長は帝から離れて、ほぼ最後尾を千古と共に歩いている。

「いえ、ここまでは。というより後ろにいるのが妙に暁《あかつき》の上家《かみけ》の采配《さいはい》で来た兵だなあ」

振り返ると秋長はなにかを考えるように首を捻《ひね》っていた。

と——。

小石がぱらぱらと足もとに落ちてきた。ふと目線を上げる。山の上に巨大な石があった。

小石と土が流れてきたのは、その石のあたりからだと気づき、ぎょっとする。

山のこちら側だけ、樹木がない。剝《は》げ落ちた緑は、この場所が何度か土砂崩れを起こしたしるしだ。

──あの巨石がもし落ちたら、この兵たちは巻き込まれて死んでしまうわ。

帝の輿はすでに下を通り抜けた。しかしその後に続く兵たちの列はまだまだ長い。

足を早めるか、それとも様子を見て立ち止まったほうがいいのか。

「秋長、ねぇ」

と千古が視線で巨石を示す。秋長の眉間《みけん》にしわが寄る。

「石の向こうに人がいる」

「え？」

振り仰ぐと、たしかに巨石の裏にさっと隠れる人影が見えた。

途端、低い音がごろごろと地面を鳴らす。巨石がゆっくりと転がりこちらへと落ちてくる。叫び声がして兵たちが逃げ惑い──巨石は道の半ばにどうっと落下し、そこでどうにか留《とど》まった。

石が、隊列を半分に割ってしまった。

向こう側には帝。こちらには税の荷物。巨石に分断された道を、馬や人は、すぐには渡れない。

「……これは罠《わな》か？」

秋長がつぶやいたのと同時に、頭上から鬼面をつけた人がわらわらと飛び降りてくる。石を突き落とした人影は、この鬼面の男たちだ。

「――鬼!?」

兵が刀を振り上げた。

途端に、その横にいた別の兵が、懐から鬼の面を取りだし自分の顔にかぶせると、味方だった兵を斬り捨てる。

――味方にも、鬼が!?

鬼面をつけた兵は刀を手にし、面をつけない兵たちを次々に斬り捨てた。

飛び降りてきた鬼と、兵であった鬼の見分けはすぐにつかなくなった。

ここにいるのは鬼か、人だけだ。

あっ、と思うまもなかった。千古にも鬼面の兵が斬りつけてくる。咄嗟《とっさ》に姿勢を低くし相手の股間《こかん》を蹴《け》りつけて、頽《くずお》れた男の手から刀をもぎ取った。斬り捨てようとしたそのときに、秋長が鬼と千古のあいだに割って入る。

一振りで、秋長は鬼の首を落としてみせた。

男の首から噴き出た血の赤が、秋長の頬に飛び散った。そして、前のめりに倒れた男の着物の布で刃を拭《ぬぐ》う。汚れた刃はすぐに拭えと、そういえば千古も典侍《ないしのすけ》に教わった。秋長は人の斬り方ですら、巧みであった。

「鬼退治としてはずいぶんとあっけないと思ったら、こういうことか。幾重にも罠は張り巡らされていたわけだ」

冷たく、言った。

その冷静さはたしかに秋長らしくはあったのだけれど、いつも爽《さわ》やかな優男の顔に散った血が、彼の姿を常と違うものに見せている。

「主上を……守らないと」

千古は持ち歩いている小さな守り刀を胸元から取りだす。もとより技だけで押し切れるとも思っていない。だから刃に毒が仕込んである。

——あの巨石を乗り越えて、向こうにいかないと。

巨石の向こうからも、つばぜり合いの音が聞こえてくる。「鬼だ」「仲間だと思ったのに、どうして」という声を、斬られた別の誰かの悲鳴が遮って響く。

あちらも、こちらも、阿鼻叫喚《あびきょうかん》の地獄絵図だ。

「まずあなた自身を守ってください。そうしないと、あちら側にもいきつけないですよ」

秋長は、話しながら鬼たちを斬り捨てた。

流れる水のように一箇所に留まらず、場所を移して、鬼を切る。目の前にいる鬼、振り返って別の鬼、挑んでくる新しい鬼を斬った後、拭っても脂が染みついて斬れなくなった刀を捨て、鬼の腰から刀を奪い取る。

秋長に誘導されて千古も場所を移していく。秋長が先に鬼を斬り捨てるから、千古は小刀を振るう暇《いとま》がない。

――秋長、こんなに強かったんだ？

知っていたけれど、知らなかった。

次から次へと刀を捨てては、新しい刀を取り上げて、巨石へとじりじりと近づいた。山肌とのあいだにわずかに隙間がある。どうにかしたらくぐり抜けられそうではあるが、くぐろうとするときの背中が危うい。誰かに後ろを狙われたら、ひとたまりもない。

千古は刀を振るう秋長に隠れ、腰を屈《かが》めて、転がっている者の鬼の面を引き剝がす。

――鬼たちはこの面で仲間を見分けたに違いない。

そのために巨石を合図に一斉に鬼の面を顔につけた。つまりこれをかぶれば鬼の目をくらませることができる。

見える範囲の鬼が倒れ、秋長が千古を見た。千古はふたつ持った鬼面のうちのひとつを、秋長に手渡す。

「なに？」

「これをつけたら鬼には斬られない」

「なるほど。あなたがやりそうな手だ」

面を受け取った秋長は自分の装束で鬼面についた血を丁寧に拭《ふ》き取った。そして、なにを悠長なと思って呆《あき》れる千古にそれを渡す。

「想念、せめて僕の前だけでも、殺生はやめてください。血も、穢《けが》れも、小坊主の姿には似合いません」

突き返そうとしたけれど——面を持つ秋長の手がかすかに震えていたから、素直に面を受け取った。

まさか怖がっているとは思わない。だって秋長だ。しかも役職は兵衛《ひょうえ》だ。刃傷沙汰《にんじょうざた》は慣れっこのはず。それでも少しは感じるところがあるのだろうか。

代わりに自分の手にしていた鬼の面をざっくりとでも拭いて秋長に渡そうとしたが、そちらはさっと奪われる。

「汚いままよ？」

「鏡に映さなくてもいまの自分がどんななりかはわかります。汚れなんて、いまさらです」

千古には綺麗《きれい》なものを渡そうとしたくせに。

秋長は巨石と山肌の隙間に視線を当てて、言う。

「先にいってください。僕がこちらを守ります」

「でも、秋長は」

「僕はどんなときでもあなたに背後は取らせたくないんですって。あなたが後ろにいると、ろくなことをしないじゃないですか。ほら、いって」

びりびりとした緊迫感のこもった声にせき立てられ、鬼面を手にして、腰を屈めて隙間に身体をねじ込んで急いで這《は》い出た。

巨石の向こうにすり抜けてみれば――そこはもう鬼たちが暴れきった後のようである。

物言わぬ人と鬼の双方の骸《むくろ》が重なっている。それでも思っていたより骸の数は少なかった。

曲がりくねった道の向こうまで、立つ者はおらず無人である。

どこか夢のなかの出来事のようであった。

鬼と人が斬り合って、自分以外の血が流れている。秋長に守られたため千古は刀を振ることなく、つけられた傷もない。痛みがないと、現実感はひどく薄い。

それでも身体の内側で響く心臓の音だけが大きく、速い。他人の死を前にした肉体が、いま生きているということを力強く主張しようとしているのだろうか。

秋長はついて来ただろうかと、はっと振り返る。

ちょうど、秋長が隙間を抜け出たところであった。

「誰もいないですね。よかった。少し、らくができます」

「……そうね」

よりにもよっての第一声がそれかと脱力した。

綺麗な顔が泥と血にまみれている。そんな有様なのに秋長はどこか飄々《ひょうひょう》としたままで、こちらを見つめるまなざしは優しく笑っているようであった。

秋長は鬼の面を片手に、千古のわずか斜め後ろという「いつもの位置」よりもう少しだけ近い位置に陣どって、歩きだす。

ぬかりなく周囲に視線を走らせながら用心深く進んでいく。

「結局、主上の行幸を——信濃の鬼退治を願って動いていたのは、ふたつの家ってことでしょうね。鬼姫を巡る婚姻の指揮をとる家もあり、主上の命とあわよくばついでに財を狙いたいっていう家もあったんだ。巨石の仕掛けは、事前にこちらに来て、山人たちと連携を取らないと無理筋だ。そういうのをやるのは暁ですよ」

秋長が言う。

鬼姫を巡る婚姻の指揮をとる家は宵上家《しょうじょうけ》で、主上の命とあわよくばついでに財を狙おうとしたのは——。

「身代わりのあなたに毒を盛ったのは暁の上家と言っていたわね。私、都から商いの人がよく来るって、村で聞いたわ。誰かなって思ってたけど、暁の下家《しもけ》はここまで来てない。宵下大臣《しょうかのおとど》はそれどころじゃないし、そもそも商いに熱心じゃなかった」

暁上《きょうじょう》大臣は阿衡《あこう》に任じられ、そこで牙《きば》を抜かれたと思っていたのに甘かった。巻き返すためにここまでのことをしでかすだけの、気力も、財もまだ残っていたとは。

「石のこちら側に残った鬼たちは、主上を狙いにいったのね。追いかけなくちゃ」

「だったら次の刀を探さなくては」

拭いながら斬るにしても限界がある。そうしたらまた次の刀を探すしかない。兵たちに支給されているなまくら刀は、そんなに一度に何十人、何百人と、斬るようにはできていない。

秋長がすっかり汚れて斬れなくなってしまった刀を地面に刺すと、鬼の面を顔にくくりつけ、顎《あご》のところを紐《ひも》で縛る。

千古も鬼の面を手にした、そのときだ——。

視界の端で、倒れていた鬼がよろりと立ち上がる。息絶えていたわけではなかったらしい。鬼は傍らに落ちていた槍《やり》を手にし、その切っ先は、まっすぐ千古に向けられていた。

「危ない——!!」

秋長が咄嗟に前に出て、千古を背中でかばう。軽装の銅丸鎧《よろい》はもうぼろぼろで、穂先に削られ、ざっくりと裂けた。かすめていった槍の胴金を摑《つか》みとって引き寄せる。そのまま力尽くで振り払おうとしても、鬼はよろけながらも、槍から手を離さない。

千古は小刀を鞘《さや》から抜いて、槍の鬼へと挑みかかる。

鬼は槍から手を離し、唸《うな》り声と共に今度は千古に摑みかかった。望むところと鬼の胸元を深く抉《えぐ》るが、鬼は千古の襟元を摑んで組み手に持ち込んだ。

押し倒されて、互い互いに挑んだまま、上になり下になりしてごろごろと転がっていく。

下手に手を出すと千古を傷つけてしまうからか、秋長が鬼に斬りかかることもできず、鬼の背中にしがみついた。

なんとか摑んでその背中を引き剝《は》がそうとした、そこは、道の端――真下は崖《がけ》で、遥《はる》か遠くに急流の川だ。

――落ちるっ。

このままでは鬼とふたりで崖下に落下する。逃れようと鬼の腹を蹴りつけると、鬼の面がかたりと外れ、隠されていた顔が露《あら》わになった。

――人だ。

わかっていたことなのに、そこにあるのは人の顔だ。見知らぬその人は、見知った誰かによく似ている。あるいはまったく似ていないのかも。ただとにかく、死の間際に立つ「人」だった。瞳《ひとみ》が開いて真っ黒で、それでいて虚《うつ》ろなその表情。もはや千古のことも見えていないに違いない。

その一瞬、つい、怯《ひる》んでしまうのだから、千古はやはりいつまでたっても詰めが甘いのだ。知っている。

やっと鬼の手が千古から離れていったのは、千古の身体がふわりと宙に浮いたのと同時であった。

足の下に、なにもない。

空がやけに高いなと、絶望と共に見上げる。摑めるものがあればなんでもいいから摑もうとのばした手は、崖に生えた木の枝にかすりもしない。

つかの間、さすがの千古も自分の命をあきらめかけた。

なのに――。

大きな影が自分の横をすり抜けていく気配を感じ、次の瞬間、本来ならあるはずのない体温が千古の背中を固定した。

強い力に引き寄せられ、抱えられる。

「いい加減にしてください。あなたはっ!! あなたが大事にしなきゃならないのは、あなた自身だ。自分で自分を守れもしないのにっ」

秋長が、千古に続いて咄嗟《とっさ》に崖を飛び降りて、千古を片手で抱え、もう片方の手で木の枝を摑みぶら下がったのだ。

間一髪で、助かった。

上からは絶壁に見えたが、近くでみれば崖には手や足をかけて上れそうな細かな窪《くぼ》みがいくつかあった。横に突き出て生えた樹木と木の根も使えば、なんとか崖を上ることができそうだ。

「あなたにつきあうといつもこういう目に遭うんだ。この枝がいつまでもつかわからない。支えてますからあなたも自力で枝に摑まってください。早くして」

木の枝がみしりと嫌な音をさせて、しなった。たしかにこの枝は、ふたりぶんの体重を支えるには細すぎる。

慌てて千古は手をのばす。身体を少し持ち上げてくれたおかげで、今度は枝に指が届いた。両手でぶら下がるともまたもや枝がみしみしと嫌な音をさせる。

枝の付け根が裂けかかっている。

「ふたりは無理だな」

秋長が妙に冷静な声でそう言った。

「普通ならここからどうにかできるんですけどね――僕だから。でも、隠してて、ごめん。盛られた毒は、死なない程度に効いていて、たまに手が痺《しび》れて、力が入らなくなる」

「え？」

「一緒に落ちるっていうのも魅惑的でもあるけれど――それを望んだら、僕が僕じゃなくなるので。恨まないでくださいね」

とても爽《さわ》やかにそう言った。

「あなたを助けられるなら、それだけで本望ですよ。だから――生きて。できたらいまよりもっと――幸せになってくださいね」

秋長が、手を離す。

潔いくらい、すっぱりと。

瞬時に消えた体温と姿に、千古の頭が真っ白になった。

「秋長――!?」

千古の絶叫があたりに響く。

返事は――なかった。

※

なにもかもが夢のなかの出来事のようであった。

夢であったらどれほどいいことかと願った。


――生きて。


そう言われたから、千古は生きた。茫然《ぼうぜん》自失のまま、どうやって木の枝から幹に移り、そこから崖をよじ上ったのかもよくは覚えていない。

そういえば、千古は、秋長がいつにない失態をしでかしていたのを近くで見て、知っていた。後になれば思いあたることばかりだ。指が痺れて烏帽子《えぼし》の紐をうまく解《ほど》けなかったから、千古に命じた。箱の蓋《ふた》を落とした。千古に鬼の面を渡すときに手が震えていた。秋長だから平気だと思っていた。秋長だから毒を飲んでも大丈夫だと信じてしまった。

そんなはずはない。秋長だって、人だ。

そして人は——いつか、死ぬ。

無茶をすれば死ぬ。思いがけず死ぬ。どれほどの大望があろうとも、正義を守っていようとも、うっかりと死ぬ。悪人も死ねば善人も死ぬ。等しくみんな死ぬのに、どうして千古は——自分の大切な人は奇跡のもとに生きのびるはずと心のどこかで安易な希望を抱いて、無理な道を進もうとしたのか。

自分が死ぬのはまだしも、大切な人は死なせたくないのだと、成子《なりこ》のときに思い知ったというのに。

馬鹿だ。


千古が崖を上り、帝《みかど》たちのもとに辿《たど》りついたときには、もう鬼たちはすべて討伐されていた。帝が強いのもそうだが、秋長が事前に対策をとり、帝のまわりには暁の上家に縁のある兵を排除したことが功を奏した。他家の武に巧みなものを配置して守りを固めたのはとても秋長らしい策であった。

想念として戻った千古から秋長の報を受け、帝はすぐに隊列を組み直し、残った兵たちをかき集め崖下の川へと向かった。

辿りついた先の川の幅は広く、轟轟《ごうごう》と音をさせて水が流れている。崖から落ちた鬼と兵が川辺に何人か儚《はかな》く散っていた。

けれど秋長の姿はどこにも見つからない。

あたりをさらい、千古もずっと捜し続けた。川の流れはあまりにも速く、足を取られ、よほどの泳ぎ上手でないと難しい。

二日ほど野営して、そして帝が千古に言った。

「すまない」

なにがすまないことなのか、千古にはよくわからなかった。

謝罪しなければならず、責を負うのは千古のほうだ。帝は精一杯のことをしたし、秋長の生死に直に関与したのは千古だけだ。

「あなたが謝ることじゃない。私がただ馬鹿だった。ごめん」

帝は千古を抱きしめた。大きな手で背中を何度も撫《な》でる。

「……すまない」

連れて来なければよかったと、帝はそう言ったけれど——秋長だから、きっと拒絶をしたって着いてきた。秋長はあれで、やりたいことしかしないのだ。帝の命であっても、やりたくなければうまく断って、逃げる。

帝のためには動かない。

彼は、千古をかばって落ちたのだ。

沈んだ気持ちで都へと戻った。

典侍《ないしのすけ》は、千古の報に耳を傾けて、

「そうですか。息子の最期の様子を教えてくださり、ありがとうございます。あれの性格はわかっています。好きでやったことでしょう。あなたがここに戻ってきたことを私は誇りに思います。私は良い息子を得たものですね」

と笑って言った。

涙の一滴も浮かぶことなく言い切ったのは、さすがに典侍だ。

「典侍、あなたがまともに秋長を誉《ほ》めたのはじめて聞くわ」

ぽつんと返すと「誉められるのはだいたい死後です。そういうものです」と感情の読み取れない顔でさらっと言った。

「ひどい」

典侍はそれにはもう答えなかった。

――幸せになってくださいね。

千古の耳の奥に秋長のその声がずっと留《とど》まっている。

「なるわよ。あなたにそんな言葉をわざわざ言われなくても私は勝手に自分で」

言い返したいけど、もう千古の後ろに秋長は立たないのだ。

終章

どれくらいの月日が経ったのか——都に戻って、ほんの二、三日の気もするし、半年くらいは経ってしまったような気もする。

それでも衣替えだと女官たちが大騒ぎをし、いろいろとあつらえて着替えさせてくれたのだからきっと四月一日は過ぎたのだ。

——たったひと月。

そんなものかと、千古《ちふる》は思う。

ずっと一条《いちじょう》の屋敷に引き籠もって、その間、千古がなにをしていたのかというと、干した薬草を分類し、煎《せん》じたり、すり潰《つぶ》したり、油と混ぜて調合したりを塗籠《ぬりごめ》に閉じこもってやり続けていた。

他にやる気の出るものがなにひとつなかったのだ。少なくとも薬のことを考えているときだけは没頭できた。心の痛みはそれはそれとして、熱中できるものがあるのは、いいことだ。

そして、こういうとき、自分は、なにも手につかないで泣き暮れるという質《たち》ではなかったらしい。

手燭《てしよく》を掲げて、塗籠の戸を開ける。

「あら、もう夜になっていたのね」

鍵《かぎ》をかけて閉じこもっているものだからも昼も夜もわからないのだ。

ふっと影が走りよってきて、なんだろうと目を向ける。犬の捨丸《すてまる》だった。

捨丸は、千古の傍らに寄ってきてすぴすぴと鼻を鳴らす。

「捨丸!? 床下にいなさいって言ったのに、また上がり込んでる。あまり自由にしていると成子《なりこ》に怒られるわよ?」

それでも追い払う気持ちになれず、千古は捨丸の耳の後ろを指先で柔らかく搔《か》いた。捨丸の茶色の尻尾《しっぽ》が左右にぶんぶん揺れる。鼻といわず頭といわず、あちこちを千古に押しつけて全身でなにかを訴えてくる捨丸のごわごわとした毛の感触が心地よい。

しばらくそうやって撫でていると、捨丸の耳がぴんっと立つ。そわそわして「わん」とひと言だけ吠《ほ》える様子で誰が来るかわかる。続いてさらに「なんか来るぞ、来るぞ」というようにその場で一回転したから、連れもいる。そして仕舞いに尻尾を股《また》の間に挟んで伏せてしまった。

「成子が来るよ。——来たよ。怒られるかな?」

しずしずとやって来た成子が、

「怒りませんよ。だって……捨丸は慰めてくれようとしているから」

成子のまぶたはこのところずっと泣いてばかりいるせいか、腫《は》れぼったく重い。

その後ろからぬっと顔を出したのは——帝だ。

さらに背後に控えているのは典侍だった。瓶子ののった盆を持って、すくっと立っている。

——なるほどそれで捨丸がこの反応か。

「おまえ戻ってきてから、ずっと閉じこもってるな」

帝が言う。

「うん。喪だからね。あなたは出かけてばかりだね。なにもかもあなたに押しつけちゃってごめん」

「いや、それは別に。俺の仕事だからな」

税として運ぶ予定だった荷は失ったが、これにより信濃《しなの》の鬼の新たな討伐の隊を組み直し挑む大義名分が立ってしまった。いまのところ帝が「国は疲弊し、戦どころではない」と貴族たちを押し止《とど》めているが——これからどうなるかはわからない。

山人たちは皆、都にとっての鬼となった。

唯一の吉報は、帝《みかど》が鬼の姫を信濃の地から攫《さら》い、藤壺《ふじつぼ》に更衣として迎えることだ。信濃の郡司は鬼とも関わる一族ではあっても、月薙《げってい》の内裏に連なる利を取った。山人たちともし戦が起こったら、源氏は帝に加勢する。

行幸における帝の毒殺の証拠の品と鬼の面のふたつをもってして、帝に対する反逆と見なされ、暁上大臣《きょうじょうのおとど》は流罪となった。阿衡《あこう》の座を継いだのは暁《あかつき》の上家《かみけ》の嫡男である。暁の上家は、さすがにしばらくは静かにしていることだろう。

「お疲れさま。戦がしたいわけじゃないから、戦わずにすむようにまとめたいものね。藤壺に更衣を招いたのはいまにしてみれば最善の策だったわ。そういえば私、弘徽殿《こきでん》の蛍火《ほたるび》さまから〝かたじけなし〟ってお見舞いの文をいただいた。どういうことかしらね。あの人は、あとでどのように使われるかわからないから、詳細のわからないどうとでもとれる文は絶対に寄越したことがない方なのに」

見舞いだと言って渡された、花の散ってしまった梅の枝に巻き付けられた紙。

涙で薄められたみたいな淡い色の薄墨で、かたじけなしとだけ記された、感謝と謝罪のすべてがその一文にこめられた麗しい手蹟《しゅせき》。

いつもなら千古はその理由を探りあてようと努力をするけれど、今回ばかりは頭も身体もうまく働かない。

「こういうときに……」

秋長《あきなが》がいてくれたらと、つい思う。

続けられなかった言葉を察したのか、成子が、一瞬、泣きそうな顔になって「姫さま」

と言う。典侍と帝の口元がへの字になる。

「ずいぶんとたくさん薬があるんだな。眠れるようになる薬ってのはどれだ？」

聞いてくる帝の顔を千古はしげしげと見つめた。言われてみれば帝の目の下にずいぶん
大きく隈《くま》がある。

「眠れないの？　そうね。カノコソウの根を干したものがあるわ。ちょうどいまさっき薬
の整理をしたところ。これ……土の匂いがして、匂いそのものはあまりよくないのだけ
……ど……」

干したカノコソウの根を取りだし鼻に近づけると——ほんわりと心地よい香りがした。

包み込まれるような自然の匂いだ。

おかしいな、これがいい匂いだと思えるなんて。

「たまに、いい匂いだなって感じるとき、その人は疲れてるんですって。人の身体はちゃ
んと自分が必要なものを嗅《か》ぎ分けるのね。主上《しゅじょう》にとってカノコソウはどういう匂い？」

帝の鼻先に突きつけると「そうだな。心地よい香りに思えるよ」と答えた。

「じゃあ、飲むといいわ」

「これは酒と一緒に飲んでも平気か？」

「酒と一緒はやめたほうがいいわね」

「そうか。だったら今宵《こよい》はやめておこう。——典侍、それをこちらに」

帝が振り返ると、典侍《ないしのすけ》が「はい」と応じて盆ごと帝へと手渡した。

典侍の頬はやつれ、このひと月で一気に年を重ねたかに見えた。口に出してはなにも言わないし、泣いている姿は一度も見たことはなかったけれど。

「今日は、酒をたんまり持ってきた。典侍、成子、向こうにまだまだ酒がある。ふたりですべて、ここに持ってきてくれ」

「かしこまりました」

と、典侍と成子が酒の用意をするために去っていった。

帝はすとんとその場に座る。盆を傍らに置き「ここに」と千古にも座るようにうながした。素直にその横に並んで座り、

「お酒、ここで飲んでくの？　今日は仕事は？」

と帝に尋ねる。

「飲むのは、おまえたちだ」

「私たち？」

帝が千古の頬に手を当てた。ひやっと冷たい手のひらが千古の顔の形を優しくなぞる。

「おまえと典侍は泣いてない。俺の見ているところで一度として泣いてないんだ」

「……典侍はそうだけど、私もそうでしたっけ？」

帝が瓶子と杯を取り上げ、千古へと寄越す。

「こういうときの慰め方を俺はたったひとつしか知らないんだ。——酒だ。質は、いい。旨《うま》いぞ。なにせ俺は帝だからな。ここはけちらずに、いいものをどんどん持ってきた。杯は四つある」

——四つ？

千古はまなざしだけで聞き返す。

「おまえと掌侍《ないしのじょう》と典侍と——秋長のぶんだ。俺は飲まずに、塗籠の外で見張りをするよ。おまえたちの邪魔はしない」

「邪魔？」

「酒が足りなくなったらもっと、運ばせる。今宵ばかりは、どんな奴だろうがここから先には通さない。だから——おまえたちはつぶれるまで酒を飲み、秋長の話をして夜を過ごせ」

「え？」

「おまえと、典侍と、掌侍の三人で。その三人だけだから語ることのできることがあるんだろう。それで……」

もしも酔いつぶれることができるなら酔って前後不覚で眠りについてしまえばいいと、帝がそう続けた。

「俺は、そういうやり方でしか誰かを悼んだことがないんだ。不出来な夫で悪かった。それこそ、あいつだったら、もっと……もっと気の利いたことができたんだろうに」

と、帝は、むしろ自分のほうが泣きそうな顔をする。

帝が亡くした誰かといえば、子どもの頃に失った母親のことか。

「そう……」

帝が千古の手に杯を握らせる。とくとくと瓶子から酒を注がれ、千古はこくんと一口飲み干す。とろりと甘い濁り酒が舌を潤し、喉《のど》を伝い落ちていく。

「かたじけない」

と、帝がつぶやいて、うつむく。感謝と謝罪の意味のこもったその言葉を、千古は悲しく、ありがたく、愛《いと》おしく、つらい気持ちで飲み下してから「うん」と、それだけ言った。

かたじけない。

それを千古は秋長に伝えたい。伝えたくて伝えたくて仕方ない。仕方ないのにもう秋長はここにはいない。そのすべてが、かたじけない。

帝に髪を撫《な》でられ、そうしているうちに千古の鼻の奥がつんと痛くなった。

まだ喪は明けない。実感も湧かないのに、不在の痛みだけはこうやってふいうちで胸を灼《や》いている。

——幸せになってくださいね、なんて。

そんな呪いの言葉を最期に残して去るなんて、ひどい。

目の前に秋長がいたらそう罵倒《ばとう》するだろうけれど、もう秋長はいないのだ。

典侍と成子がたくさんの瓶子を持って戻ってくる。

「典侍、掌侍——正后と一緒に酒を飲んでくれ。俺は外で見張りをしながら、持ち帰った仕事をする」

帝は、ためらっている成子や典侍を塗籠《ぬりごめ》へと追い立てる。

千古も立ち上がり、一緒に塗籠へと瓶子と杯を持って三人で、四つの杯を掲げて——そうやってその夜は更けていった。

【参考文献】

・『薬草カラー大事典　日本の薬用植物のすべて』伊澤一男／主婦の友社
・『有職装束大全』八條忠基／平凡社
・『増補　へんな毒　すごい毒』田中真知／ちくま文庫
・『平安の春』角田文衞／講談社学術文庫
・『平安時代大全』山中　裕／ロングセラーズ

富士見Ｌ文庫

暁花《きょうか》薬殿《くすどの》物語《ものがたり》　第《だい》四《よん》巻《まき》

佐《さ》々《さ》木《き》禎《てい》子《こ》

2020年８月15日　初版発行

発行者　青柳昌行
発　行　株式会社 KADOKAWA
〒102-8177　東京都千代田区富士見2-13-3
電話　0570-002-301（ナビダイヤル）

印刷所　株式会社暁印刷
製本所　株式会社ビルディング・ブックセンター
装丁者　西村弘美

定価はカバーに表示してあります。

●お問い合わせ
https://www.kadokawa.co.jp/（「お問い合わせ」へお進みください）
※内容によっては、お答えできない場合があります。
※サポートは日本国内のみとさせていただきます。
※Japanese text only

ISBN 978-4-04-073777-5 C0193